COLLECTION FOLIO

Michel Mohrt

Deux Indiennes à Paris

Gallimard

Michel Mohrt est né à Morlaix, dans le Finistère. Il a fait des études de droit à Rennes puis, au début de la Seconde Guerre mondiale, a été chef de section d'éclaireurs-skieurs dans les Alpes. Entre 1940 et 1942, il était avocat, au barreau de Marseille. Il a enseigné ensuite la littérature française aux États-Unis et est devenu conférencier de l'Alliance française.

En 1952, il est entré aux Éditons Gallimard comme lecteur, chargé de la littérature anglo-saxonne. Il est journaliste au *Figaro* et écrit des articles à *La Nouvelle Revue française* et dans différentes revues.

Michel Mohrt est officier de la Légion d'honneur et Croix de guerre 1939-1945. Il a reçu le Grand Prix de littérature de l'Académie française. Il a été élu à l'Académie française au fauteuil de Marcel Brion en 1985.

Quelle sorte de femmes sont-elles donc, si c'est si grave que cela ?

— Il se peut que cela n'ait rien de grave... il se peut même que ce soit drôle.

Henry James,

Les Ambassadeurs.

I

Les années qui suivirent la fin de la guerre, je partageais mon temps entre l'Amérique et l'Europe. Mes séjours, sur l'un ou l'autre des deux continents, ne duraient que quelques mois, un an au plus. En toute saison je traversais l'Atlantique sur les bateaux de la *French Line*. Je vivais avec deux valises. J'habitais des chambres d'hôtel ou des pensions de famille, à proximité des universités et des collèges où j'enseignais, ou bien, à Paris, des appartements de passage. Mes attachements étaient brefs ; j'étais pauvre ; j'étais libre.

Un jour du mois d'août 1950, à New York, j'embarquai sur le *De-Grasse* à destination du Havre. Le *De-Grasse* mettait neuf jours à faire la traversée : c'était assez pour que les intrigues ébauchées sur le navire aient le temps de fleurir ; c'était trop peu pour qu'elles puissent tourner au drame.

Accoudés à la lisse, les voyageurs regardaient la foule des parents et amis massés sur le quai, et qui agitaient des mouchoirs en signe d'adieu tandis que le navire s'éloignait, tiré par les remorqueurs. Je remarquai une jeune femme parmi les passagers et jouai des coudes pour m'approcher d'elle.

— On est heureux de quitter New York par cette chaleur, dis-je. Sur l'Océan, il fera frais.

La passagère se tourna vers moi et, avec un air de regret, fit signe qu'elle n'avait pas compris. Je répétai la phrase en anglais. Elle répondit avec soulagement par une banalité du même genre.

— J'ai honte de ne pas savoir un mot de français, dit-elle. C'est pour l'apprendre que je vais en France.

— Vous voyagez seule ?

— Oui, dit-elle. Je vais rejoindre mon père qui est à Cannes où il joue au golf. Est-ce que vous jouez au golf ? Mon père est veuf. Il a des bonnes amies impossibles qu'il ramasse Dieu sait où. Il faut que j'aille le surveiller.

Je me nommai.

— Mon nom est Sarah Melvin, dit l'inconnue.

— C'est un joli nom, dis-je. C'est... C'est biblique.

— Oui, dit-elle en riant. Je pense que c'est biblique.

Je m'excusai et quittai la voyageuse. Je me rendis à la salle à manger où je soudoyai le maître d'hôtel pour me faire placer à la table de Miss Melvin. J'allai sur le pont-promenade et retins auprès du steward deux chaises longues côte à côte, à son nom et au mien. Je m'enfermai ensuite dans ma cabine, abandonnant le navire aux passagers des deux classes lancés à sa découverte.

L'entrée de Sarah Melvin dans la salle à manger, le soir même, ne passa pas inaperçue. Les trois hommes à sa table — un banquier américain, un ingénieur français et moi-même — se levèrent pour l'accueillir. Le cinquième convive était une vieille dame, professeur de français aux États-Unis, douée — nous nous en aperçûmes dès ce premier repas — d'un appétit qui lui permettait de manger de tous les plats figurant au menu.

Sarah Melvin posa près de son assiette un briquet, un étui dans lequel elle prit une cigarette. Elle mit celle-ci dans un long fume-cigarette et attendit que l'un de ses voisins lui donnât du feu. Elle portait une robe de dîner noire, laissant à nu les bras et les épaules, couleur de pain brûlé. Sur ce noir tranchait l'éclat des bijoux d'or blanc et d'argent. La peau mate, les lèvres ourlées, un peu épaisses, les cheveux frisottés qu'elle avait peine à rassembler en un chignon, placé bas sur la nuque, étaient ceux d'une femme du Sud.

Comme nous nous levions de table, j'invitai ma voisine à prendre un verre au bar.

— Il y a toujours des raisons obscures qui poussent les gens à sortir de chez eux, dis-je. Des raisons qu'ils ne s'avouent pas eux-mêmes.

— Rien d'obscur en ce qui me concerne, dit Sarah Melvin. Je ne connais pas l'Europe, cela ne pouvait durer. Tous mes amis sont allés en Europe.

— Vous n'êtes pas une touriste ordinaire. Et vous n'êtes pas une étudiante. Il y a autre chose.

— Eh bien ! s'exclama la voyageuse en riant, vous m'en ferez part quand vous l'aurez trouvé.

Le coude sur la table, le menton posé sur le poing fermé, elle se tenait penchée en avant. De temps à autre, la main s'ouvrait, les doigts se dépliaient, s'allongeaient, se posaient au hasard sur le visage, au bout du nez retroussé.

— Où habitez-vous à New York ? dis-je.

— Dans la Neuvième rue, près de Washington Square.

— Je parie que vous avez fait vos études à Vassar, ou à Smith ou à Rebecca-Sloane.

— Vous vous trompez. Dans aucun de ces collèges pour jeunes filles riches. Ça vous étonne ? C'est ainsi. Je ne le regrette pas. Quand on connaît les filles qui sont passées par ces collèges, on n'a pas envie de leur ressembler.

— Et, à New York, qu'est-ce que vous faites ?

— Mais c'est un interrogatoire !

— Écoutez, dis-je, neuf jours sont vite passés. Il n'y a pas de temps à perdre si l'on veut se connaître.

— Mais je ne sais pas si j'aurai envie de vous connaître ! dit Sarah Melvin.

Je sus très tôt que la voyageuse avait vécu trois ans avec un homme divorcé et qu'elle l'avait vu décliner, perdre sa situation, sa santé, ses amis. Il s'était fait désintoxiquer mais, au bout de quelques semaines, recommençait à boire.

— Je lui téléphone trois, quatre fois par jour, dit-elle. Il veut savoir où je me trouve, et avec qui. Il lui arrive de m'appeler au milieu de la nuit et je dois le rejoindre ou bien il menace de se tuer. Il me croit partie pour un mois. Il ignore que je vais rester à Paris un an, peut-être plus... J'ai loué mon appartement pour un an.

— C'est pour le fuir que vous allez en Europe.

— A ajouter à toutes les raisons que je vous ai données, dit Sarah Melvin. Je vous trouve bien curieux. Mais, sur vous, vous ne dites rien.

— Si je fais parler les autres, c'est pour éviter la tentation de parler de moi.

Le matin du troisième jour de mer, je montai sur le pont-promenade et vis Sarah Melvin en conversation avec un passager qui prenait seul ses repas devant un couvert vide : celui de sa femme qui ne quittait pas sa cabine. Sarah Melvin fit semblant de ne pas me voir.

Deux jours plus tard, au dîneur solitaire, diplomate anglais, succéda un banquier suisse, puis l'ingénieur, notre compagnon de table, à qui Sarah Melvin parut trouver soudain de l'intérêt. Mortifié par cette inconstance, je fus assez sot pour le laisser paraître. Le septième jour de la traversée, Sarah Melvin fit une incursion en classe touriste pour améliorer son tableau de chasse.

— Notre compagne de table s'encanaille, dit l'ingénieur.

J'avais renoncé à tenir compagnie à Sarah Melvin jusqu'à l'aube et à boire avec elle whisky et champagne dans les différents bars et salons du paquebot. J'y faisais au moins des économies. Le huitième jour, je l'appris par le Commissaire, elle avait découvert le pernod. Tout au long du voyage, à un moment ou à un autre de la journée, Sarah Melvin m'était revenue, comme si elle avait craint de me perdre tout à fait.

— Que cherchez-vous ? lui demandai-je.

— Mais, dit-elle, je cherche à m'amuser. Qu'y a-t-il d'autre à faire sur ce bateau ?

— Vous y mettez une telle ardeur que l'on pourrait croire que vous cherchez autre chose.

— Mais quoi donc ?

— Le banquier suisse ferait un mari très convenable.

Sarah Melvin lança un éclat de rire qui lui était familier.

— Ce n'est pas pour chercher un mari que je vais en Europe, dit-elle. Pour cela, je n'avais nul besoin de quitter l'Amérique.

— Vous vous dispersez.

— Écoutez, dit-elle, je m'amuse comme je l'entends. Je trouve que vous devenez maussade. Vous étiez plus gentil les premiers jours.

Je me le tins pour dit et me gardai de faire d'autres remarques du même genre.

La veille du débarquement, l'atmosphère du bord changea. On vit apparaître des gens que l'on n'avait pas vus de toute la traversée : la femme du diplomate anglais, entre autres, dont l'élégance éclipsa pour un soir celle de Sarah Melvin. On surprit des conversations tenues à voix basse. La guerre de Corée venait d'éclater.

Les Russes avaient la bombe atomique, ce qui enlevait aux États-Unis leur supériorité tactique. Les divisions soviétiques, massées en Allemagne de l'Est, étaient à quelques jours de marche de la côte atlantique. Une troisième guerre mondiale était possible. L'Europe en serait le théâtre. Rien n'empêchait que se produise en France, en Italie, ce qui s'était produit à Budapest, à Prague... A la gare maritime du Havre, les passagers se précipitèrent sur le kiosque à journaux pour connaître les dernières nouvelles de la guerre froide. Dans la cohue du débarquement, je perdis de vue Sarah Melvin. Je ne la retrouvai pas dans le train, ni sur le quai de la gare Saint-Lazare.

Rue d'Amsterdam, j'attendis près de mes valises qu'un taxi s'arrêtât à ma hauteur. Ce fut un taxi Renault rouge et noir, il y en avait encore quelques-uns en service, qui m'emporta vers la Madeleine. Comme il allait s'engager dans la rue Tronchet, le taxi fut dépassé par une voiture de sport où, entre deux hommes en tenue d'été, la chevelure au vent, je reconnus Sarah Melvin. Elle tourna la tête et agita le bras dans ma direction, mais j'affectai de ne pas la voir.

Boulevard Saint-Germain, je fis arrêter le taxi devant un café. Je demandai à la caisse un jeton de téléphone et descendis à la cabine. J'allais appeler une amie, Nicole V., que je savais être à

Paris en ce début du mois d'août, pour les collections de mode. La sueur coulait sur mon visage tandis que j'écoutais retentir la sonnerie du téléphone. On décrocha.

— Depuis quand êtes-vous rentré ? dit la voix de Nicole.

— Je débarque à l'instant. Êtes-vous libre pour dîner ? Ne dites pas non. C'est ma première soirée à Paris. Je vais porter mes valises dans un appartement que l'on m'a trouvé et je vous rejoins.

— Vous avez trouvé un appartement ! s'écria Nicole. Où ça ?

— Au diable. Près de la porte d'Orléans.

— Et qu'allez-vous en faire ?

— Comment, ce que je vais en faire ? Je vais l'habiter.

— Qu'allez-vous en faire quand vous repartirez ?

— J'arrive... Je verrai plus tard.

L'appartement de trois pièces, rue d'Alésia, était au deuxième étage sur rue. Au-dessus du lit-divan, une tapisserie couvrait le mur : un couple de lions jaunes, le mâle et la femelle, en arrêt sur un rocher jaune, guettaient des cavaliers dans un désert de sable. Une table en bois blanc, un fauteuil club en faux cuir constituaient le mobilier. Il n'y avait pas de salle de bains. Le locataire en titre, qui me sous-louait les lieux, habitait la province. Il devait venir occuper une chambre, de temps à autre.

— C'est déprimant, dis-je à Nicole. Les lions

surtout sont déprimants. Mais je ne serai pas souvent chez moi.

— Je ne connais que des gens qui cherchent à se loger, dit Nicole. Le pauvre Amaury est toujours à l'hôtel. Quand vous partirez, n'abandonnez pas cet appartement. Il y a peut-être une combinaison possible ?

— Vous avez toujours aimé les combinaisons.

— Comment croyez-vous que je me débrouille, à une époque comme la nôtre? Comment aurions-nous vécu pendant la guerre, si je n'avais pas su me débrouiller? Je suis fatiguée des gens à principes, qui ne veulent pas se compromettre, ou déchoir, ou je ne sais quoi... Vous allez trouver du changement. Il souffle ici un vent de panique. C'est cette guerre de Corée. Les gens ne songent qu'à s'en aller. Ils vendent leur appartement, leur mobilier et partent pour le Maroc. Je connais un médecin qui a son yacht armé dans un port de Bretagne, prêt à prendre la mer.

— Et vous, vous ne partez pas ?

— Pour aller où ? Si les Russes doivent arriver, qu'ils arrivent. Écoutez ces chœurs de chants orthodoxes que l'on vient de m'offrir.

Sans bouger du divan où elle était couchée, sa chatte siamoise serrée contre elle, Nicole mit un disque sur le tourne-disque posé sur une table basse, à sa portée.

— Un peuple qui a de tels chants, dit Nicole après le silence qui suivit la fin du disque, est un grand peuple.

— Les Allemands ne chantaient pas mal non plus, dis-je.

— Que voulez-vous dire ?

— Rien... Que les chœurs militaires ne rendent pas une occupation plus supportable.

— Ce sont des chœurs *religieux* que je vous ai fait entendre.

— Il y a aussi des chœurs de Cosaques. Les Cosaques du Don. Ils chantent et ils dansent.

— Ce sont des Russes blancs ! s'écria Nicole. Si vous cherchez à me faire peur, c'est raté.

— Il doit y avoir des gens qui regrettent l'absence d'une puissante armée allemande entre les Russes et nous. Bargemont est venu trop tôt.

— Bargemont a fait une folie qu'il a payée de sa vie. Je ne veux pas parler de lui.

— C'était pourtant le meilleur de nous tous.

Je me levai pour prendre congé.

— Je vois que vous ne savez rien de ce qui me concerne, dit Nicole. Cela m'étonne, car c'est le genre de nouvelle que les gens aiment à répandre. Olivier et moi nous divorçons. Vous paraissez atterré ! Vous n'avez donc jamais pensé que cela pouvait nous arriver ? Mais pour qui me prenait-on ? Après tout, je ne fais qu'imiter la plupart de mes amies.

— Justement. On pensait que vous n'étiez pas comme elles.

— Croyez-vous que j'étais aveugle ? Que je ne me doutais de rien ?

— C'est *moi* qui ne me doutais de rien.

— Ne me dites pas que vous ignoriez les

frasques d'Olivier. Ce n'est pas parce qu'elles durent depuis longtemps que je devais continuer à les supporter. Tous nos amis savaient à quoi s'en tenir. Au besoin, on lui facilitait les choses. Les enfants sont grands, ils n'ont plus besoin de moi... Rassurez-vous : je ne vais pas imposer à mes amis un choix entre Olivier et moi. Ils pourront nous voir tous les deux. Je sais que vous allez le rejoindre à Toulon pour naviguer.

Je parlai à Nicole d'un projet que j'avais formé pour l'hiver : c'était d'aller revoir les villages et les vallées des Alpes-Maritimes où nous avions vécu avant la guerre.

— Voulez-vous m'accompagner ? demandai-je.

— Je n'ai pas le goût des pèlerinages, dit Nicole.

— Mais cela peut être amusant de revoir les refuges, la Madone, la Balme... On pourra faire du ski à Auron.

— Proposez-moi un autre voyage. Celui-là ne peut me faire aucun bien. Je n'aime pas ruminer le passé.

— Il faut bien que quelques-uns se souviennent, quand il y en a tant qui oublient.

— Vous êtes déçu, dit Nicole sur le pas de la porte. Vous pensez que je n'avais pas le droit de divorcer sans vous demander votre avis... Que je n'avais pas le droit de vous faire ça, *à vous !* Amaury pense de même. Vous êtes trop beaux, tous les deux ! Venez dîner un soir de la semaine prochaine. Amaury sera là. Les collections seront finies.

Deux jours plus tard, à six heures du soir, j'aperçus Sarah Melvin à la terrasse du Café de Flore.

— Hello ! cria-t-elle en me faisant signe de la rejoindre. Vous n'avez pas l'air content de me voir ! Je sais, j'ai été impossible sur le bateau. Je me suis conduite comme l'une de ces petites sottes de collégiennes, une *sophomore* de Rebecca-Sloane ou de Vassar à qui il faut trois ou quatre rendez-vous par semaine avec des garçons différents.

— J'ai été moi-même assez ridicule, avec mes reproches et mes conseils... Je vois que vous avez pris goût au pernod.

— C'est bon pour les intestins, m'a dit le médecin du bord.

— Charmant homme, le médecin du bord... Qu'est-ce qu'il vous a encore conseillé ?

— De ne pas boire d'eau.

— Voilà un bon médecin ! Un pernod, dis-je au garçon qui avait un mouchoir blanc autour du cou et une tête de bandit calabrais.

— Que Paris est beau ! dit Sarah Melvin. J'y reste quelques jours avant d'aller à Cannes. De toute façon, je ne serais pas partie sans vous avoir revu.

— Je n'en crois rien.

— A votre aise. Je me charge de vous prouver l'intérêt que vous m'inspirez. Ne croyez pas que je vous ai confondu avec les autres.

— Qu'est-ce qui donne de l'intérêt aux gens, selon vous ?

— Mais la plupart des gens n'existent pas !

— Qu'est-ce qui les fait exister ?

Posant cette question, je me dis que moi-même je n'existais pas. Je ne m'étais senti exister que quand j'étais amoureux. Et à la guerre, où j'avais eu peur d'être tué. J'avais été souvent amoureux, mais je ne l'étais pas à cette époque de ma vie. Je me demandais si je pourrais jamais le redevenir un jour.

Sarah Melvin me raconta ses premières journées parisiennes. Elle s'était promenée sur les Champs-Élysées et avait rencontré des passagers du *De-Grasse.* Chez Christian Dior, elle avait commandé deux robes d'été et avait fait envoyer la facture à son père. Son père ne lui donnait d'argent qu'au compte-gouttes. Il préférait le dépenser avec ses bonnes-amies. Ses bonnes-amies étaient impossibles. Les robes étaient noires, elle n'aimait que le noir. L'une en chantoung, l'autre en toile. Elle avait une chambre dans un petit hôtel du quartier. Un hôtel où avait habité Joyce.

— Qu'avez-vous fait pendant ces deux jours ? dit Sarah Melvin. Avez-vous retrouvé des amis ?

— J'ai retrouvé une amie qui m'a annoncé son divorce.

— Tout le monde divorce ! Toutes mes amies ont divorcé ou sont en instance de divorce. C'est une épidémie. Croyez-vous que ce soit à cause de la guerre ?

— C'est bien possible. Les gens ont été séparés. Ils en ont pris l'habitude.

— La vie est trop compliquée. On se débrouille mieux tout seul.

— On peut dire aussi qu'à deux on vient plus facilement à bout des difficultés.

— En tout cas, dit Sarah Melvin, cela ne donne pas envie de se marier de voir tant de gens qui se séparent.

— Ce n'est pas drôle d'être toujours seul.

— Sans doute, mais on n'est pas obligé... D'être toujours seul, je veux dire.

— Alors les choses se compliquent. Il est plus simple de se marier. Et si on prenait un autre pastis pour obéir au médecin du bord ?

Nous restâmes silencieux à regarder défiler les passants sur le trottoir. Les uns tournaient la tête pour lorgner les consommateurs assis à la terrasse. D'autres marchaient vite, sans détourner les yeux. Certains arboraient un air de défi, d'autres semblaient soucieux ou intimidés.

— Vous m'avez dit que vous connaissiez bien la Côte d'Azur, dit Sarah Melvin.

— Je l'ai habitée avant la guerre, quand j'étais dans l'armée. D'abord Antibes. Puis un village dans la montagne, au-dessus de Nice.

— Vous vous plaisiez dans l'armée ?

— Beaucoup. J'avais fait des études de droit, comme tout le monde. Et puis mon service militaire. Quand celui-ci a été terminé, j'ai rempilé. Je suis resté dans l'armée, si vous préférez.

— C'est étrange.

— J'en suis surpris moi-même. J'aimais cette vie. L'hiver, on allait faire du ski dans la montagne ; l'été, à Juan-les-Pins, à Saint-Jean-Cap-Ferrat, on dansait toute la nuit avec des estivantes. Des Anglaises, des Suédoises... Ou bien aux « Mai » de Nice, avec des petites Niçoises — c'est une fête populaire locale. On allait à Monte-Carlo risquer cinq francs à la roulette. On se baignait toute l'année, même en janvier.

— Ça m'a l'air d'avoir été une vie agréable.

— L'armée était très agréable en temps de paix. C'est la guerre qui a tout gâché. On a vu des civils devenir militaires et des militaires redevenir civils. Des deuxième classe devenir généraux, comme ça, en une nuit, sans jamais avoir commandé une section. C'est déprimant pour ceux qui piétinent au tableau d'avancement. Ils n'ont plus qu'à s'en aller.

— Mon ami de New York, celui qui me surveille et qui est malade, lui aussi la guerre avait bouleversé sa vie. Il en parlait tout le temps.

— N'en parlons plus ! Parlons de la traversée. Parlons du Commissaire du bord. Voilà un bon métier ! On danse tous les soirs en buvant du champagne, pendant neuf jours. On s'arrête un jour et on recommence en sens inverse pendant neuf autres jours. Et comme cela pendant toute l'année. Et on s'envoie les plus belles passagères.

— Et quelques vieilles dames.

— Il faut bien ! Venez, je vous invite à dîner

dans un bistrot, si l'on en trouve un d'ouvert. Mais il n'y aura pas de caviar, ni de champagne, ni de surprise du chef.

Après le dîner, je raccompagnai Sarah Melvin à son hôtel.

— Vous m'avez pardonné, dit-elle. Nous allons nous revoir ?

— Demain, au Flore, à la même heure, dis-je. Ou l'on se voit tout le temps, ou l'on ne se voit jamais.

Rue d'Alésia, je trouvai la lettre suivante :

Je suis à Paris. N'est-ce pas formidable ? Téléphone-moi à... (Suivait un numéro de téléphone à Neuilly.) *J'ai hâte de te revoir. Je t'embrasse. Love.*

JESSICA.

J'avais fait la connaissance de Jessica à New York, l'hiver précédent. J'étais allé lui rendre visite dans son collège, au cours d'un week-end. Elle m'avait parlé d'un voyage d'été en Europe que son père lui offrait en récompense de son diplôme de fin d'études, mais je croyais le voyage terminé et Jessy rentrée en Amérique.

Elle surgissait à un mauvais moment. Je n'avais pas l'intention de lui sacrifier Sarah Melvin, plus attirante, plus flatteuse, d'une élégance si sûre. Que pouvais-je faire d'une étudiante de vingt-deux ans ? Je laissai passer plusieurs jours avant d'appeler Neuilly. Enfin, je me décidai et proposai un rendez-vous devant la terrasse du Fouquet's.

A contre-jour sur le soleil qui se couchait derrière l'Arc de triomphe, je vis venir vers moi Jessy, glissant sur des chaussons de ballerine.

— Tu as mis ton *petticoat,* dis-je.

— Je crois que ça n'est pas la mode à Paris, dit Jessy. Tout le monde me regarde. Est-ce que cela t'ennuie ? Je peux marcher à quelque distance de toi, comme cela nous n'aurons pas l'air d'être ensemble

— Les gens te regardent parce que tu es jolie.

— Dès que j'aurai de l'argent, j'irai chez les couturiers pour renouveler ma garde-robe.

— Avec ton jupon — « *petticoat* », c'est beaucoup plus joli que « jupon », il faut le reconnaître — et ton chignon, tu ressembles à Scarlett O'Hara.

— Ne te moque pas de moi. Pourquoi m'as-tu laissée tomber ? Tu m'as dit que tu voyageais sur le *De-Grasse.* Il y a dix jours que le *De-Grasse* est arrivé au Havre. Tu devais m'écrire à l'*American Express...* Tu n'as pas d'excuse. Mais maintenant que je te tiens, je ne te lâche plus.

Jessy me raconta son voyage en Europe. Il avait été organisé par une agence de Lexington, Kentucky. En vain avait-elle protesté auprès de son père qu'elle voulait être libre de ses mouvements et de son itinéraire, celui-ci n'avait rien voulu entendre : c'était le « tour » organisé ou rien. Sammy, son frère cadet, et elle s'étaient donc trouvés en compagnie de vingt dames et de quatre vieux messieurs, dans les trains et les autocars qui avaient sillonné l'Europe pendant quinze jours. Quatre jours à Londres, trois à Genève, deux à Rome... L'épreuve avait pris fin à Paris, au début du mois d'août. Sammy était rentré en Amérique avec les vieilles dames. Jessica était restée.

— Comment le Kentucky a-t-il pris la chose ?

— Le Kentucky est furieux, dit Jessy. Il me coupe les vivres. Mais je suis majeure après tout ! J'avais cent dollars d'économies. Sammy m'a donné les cinquante dollars qui lui restaient.

— Une fois épuisés les dollars, que vas-tu faire ?

— Rassure-toi. Je ne vais pas te taper. J'ai trouvé un job.

Le job était une place de secrétaire au Plan Marshall, alors dans toute sa gloire. Pour débuter, Jessica gagnerait deux cents dollars par mois, plus une indemnité de logement de trente mille francs. Le général Marshall faisait bien les choses. Par Deborah Taylor, sa camarade de chambre à Rebecca-Sloane, qui était à Paris, Jessy avait trouvé en sous-location pour un mois un appartement à Neuilly. L'appartement était grandiose. Il y avait des meubles de style et des portraits de famille.

Ces renseignements me furent donnés dans le restaurant du boulevard Saint-Germain où j'emmenai Jessica dîner.

— Il n'y a pas de chats ici, s'écria-t-elle en parcourant la salle du regard. Partout, à Paris, il y a des chats. Il y en a dans les vitrines des magasins, qui se chauffent au soleil. Et, dans les restaurants, ils sautent près de vous sur la banquette. Ils ont un culot !

— C'est toi qui es une chatte.

— Non, c'est toi. Un matou prêt à me sauter dessus, comme tu as essayé de le faire à New York.

— Je n'ai rien fait de tel. Et, de toute façon, tu t es bien défendue.

— Pierre, dit Jessy d'une voix qu'elle s'efforçait de rendre grave, est-ce que ce n'est pas tout différent de l'hiver dernier ? Entre nous, je veux dire. Est-ce que tu ne sens pas qu'il y a quelque chose de changé ?

— Nous ne sommes pas en Amérique, voilà ce qu'il y a de changé. Tu ne vas plus à la chapelle de ton collège chanter dans le chœur. Je te vois encore dans ta robe noire, la tête penchée comme les petits chanteurs de Donatello. Tu avais l'air d'un ange... Quel était ce cantique que j'avais trouvé si beau ?

— *There is a balm in Gilead.*

— J'ai souvent repensé à ce week-end. Je me rappelle tous les détails. Je te vois avec tes camarades, dans la piscine, formant avec elles des fleurs de chair, des nénuphars de cuisses et de bras... C'était ravissant.

— Tu te disais amoureux de moi, mais c'était de mon collège que tu étais amoureux... Toi aussi, Pierre, tu as changé. Tu parais plus sûr de toi, plus fort. Je savais que c'était à Paris qu'il fallait te voir. Dans ton pays.

— Tu penses que le Français n'est pas exportable ? Qu'il perd son bouquet en voyageant ?

— Je veux le consommer sur place. Donne-moi une goutte de vin.

Jessy but une gorgée de vin et poussa un léger soupir de contentement. Ses yeux jaunes, bridés comme ceux d'un chat, demeuraient fixés sur les miens.

— Je compte sur toi pour me faire visiter Paris, dit-elle. J'ai tant à apprendre ! Et c'est ici, à Paris, que je peux apprendre le plus de choses. J'ai confiance en toi.

— Je ne connais pas Paris. Je n'y ai pas de racines. En fait, je me sens un étranger dans cette ville. Qu'est-ce que tu nous veux, à tous les deux ?

— Que vous m'appreniez à connaître la vie, les choses bonnes de la vie. A distinguer les bons vins, par exemple.

— Je n'y connais rien. Je n'aime que le gros rouge.

— Alors, c'est moi qui t'apprendrai.

— En échange, qu'est-ce que tu nous donneras ?

— Du whisky et des cartouches de cigarettes. On peut avoir tout ce que l'on veut à la cantine du Plan Marshall.

— Quoi encore ?

Sous la table, la jambe de Jessica cherchait la mienne.

— Tiens-toi bien, dis-je.

— Je n'ai pas envie de me tenir bien. Tu es tellement digne, tellement « col dur » !

Demande l'addition et allons-nous-en. Tu vas voir. Je vais faire fondre ta dignité.

Ma dignité ne résista pas aux caresses de Jessy, qui se colla à moi dès que nous fûmes dans l'ombre d'une rue voisine.

Nous marchâmes en direction de la Seine. Nous traversâmes le pont Royal.

— Comme je suis heureuse ! dit Jessy. C'est parce que je t'ai retrouvé et parce que je suis à Paris. Tout, ici, est si bon ! Le vin était bon. Comme la nuit est douce ! Et comme ces arbres sont beaux ! Il n'y a pas d'arbres à New York.

Nous étions sur le quai, face à la gare d'Orsay dont l'horloge se reflétait dans l'eau noire comme une lune dans son plein. Des pans d'ombre se dessinaient dans le quadrilatère d'un établissement de bains qui flottait sur le fleuve.

— Ne restons pas ici, dis-je. Il y a des rôdeurs. Des voyeurs, sans doute.

— Je m'en moque. Embrasse-moi. Laisse-moi... Tu es choqué ? Tu ne t'attendais pas à me trouver si entreprenante ? Tu ne connais pas encore les jeunes filles américaines.

Appuyés au parapet de pierre, nous nous embrassions. Nous nous penchions pour contempler l'eau du fleuve et je passais un bras autour de l'épaule de Jessy, et je touchais un sein. Nous nous redressions pour nous embrasser de nouveau. Nous faisions quelques pas, la main dans la main, nous nous arrêtions et nous nous serrions l'un contre l'autre, et nous nous embrassions.

Nous mîmes deux heures à parcourir le chemin entre le pont Royal et la Concorde. J'étais las, les reins douloureux et j'avais hâte de me retrouver seul. Je quittai Jessy au coin du pont de la Concorde et la mis dans un taxi maraudeur.

Le lendemain, je retrouvai Jessy devant le Jeu de Paume où elle avait voulu visiter les nouvelles salles consacrées aux Impressionnistes.

Pendue à mon bras, elle se collait à moi, me tirait vers elle pour approcher mon visage du sien et me parlait à l'oreille.

— Comme ces gens sont bien à l'ombre sous ces arbres, dit-elle (nous étions arrêtés devant le tableau de Manet). J'aime beaucoup les pique-niques ; il faudra que nous en fassions un. Je voudrais pouvoir me mettre nue, comme ces femmes, il fait si chaud ! Et eux, les hommes, est-ce qu'ils vont garder leurs redingotes et leurs chapeaux ? Je trouve cette peinture érotique. Ce sont des hypocrites, comme toi. Ce sont des satyres... Et ces pommes sur une nappe (nous étions devant une nature morte de Cézanne), comme elles sont appétissantes ! J'ai envie de pommes. Crois-tu que nous trouverons des pommes à acheter, dans ce quartier ? Peut-être dans un marché, près de chez moi, à Neuilly ? Rentrons vite, avant qu'il ne ferme. J'ai assez vu de peinture, pour aujourd'hui.

Les pommes furent oubliées et nous nous assîmes sur des chaises en fer, sur la terrasse dominant la place de la Concorde. Sur le fond sombre des grands arbres des Champs-Élysées, se détachaient les chevaux de Marly.

— Il faut que tu saches certaines choses de moi, dit Jessy. J'ai besoin de te les dire, à toi. Le printemps dernier, j'ai failli mourir... Mais il faut que je remonte plus haut... L'hiver, j'ai été souvent faire du ski dans les Adirondacks, avec un garçon. Tu ne le connais pas, mais lui te connaît. Le jour où tu es venu me rendre visite à Rebecca-Sloane, il était dans la salle du restaurant où nous étions allés et il nous épiait. Il était jaloux de toi. Une nuit, nous étions dans un refuge, dans la montagne, le feu était mort et nous n'avions rien pour le faire reprendre. Nous n'arrivions pas à nous réchauffer. Eric, c'est le nom de ce garçon, s'est glissé dans mon sac de couchage et alors naturellement nous avons fait l'amour. C'était la première fois. Le lendemain, il a dit qu'il voulait réparer, m'épouser, etc. Moi, je ne voulais pas l'épouser. Je ne l'aimais pas assez pour cela. Cette cabane me faisait horreur, je voulais fuir... Après cela, j'ai été plusieurs fois sa maîtresse. Une fois que l'on a couché avec un homme, il n'y a pas de raison pour ne pas le refaire, n'est-ce pas ? Est-ce que je te déçois ?

— Quand nous nous sommes quittés, tu l'as retrouvé ?

— Quand cela ?

— Tu m'as dit qu'il était dans le restaurant et nous épiait. Il attendait sans doute que tu sois libre ? Tu as fait l'amour avec lui ?

— Puisque je te l'ai dit.

— Ce soir-là aussi ?

— Mais il n'y avait rien entre toi et moi... J'aimais bien Eric. Mais il était timide et je lui en voulais d'être faible, de manquer d'assurance, de ne pas me faire honneur.

— Il n'était pas si timide que cela.

— Tu es bête. Quelques semaines avant l'examen final, j'ai été enceinte.

Il y avait eu alors la visite à un médecin new-yorkais dont Deborah Taylor lui avait donné l'adresse. « Vous êtes étudiante à Rebecca-Sloane ? » lui avait dit le médecin. « Je parie que vous avez fait partie de la *daisy chain !* J'ai reçu, hier, la visite d'une de vos camarades, qui est dans le même état que vous. Elle aussi avait fait partie de la *daisy chain.* Et une autre, la semaine dernière. »

— Il se moquait de nous toutes, le salaud, dit Jessy. Tu sais ce que c'est que la *daisy chain ?* Le jour de la remise des diplômes, des jeunes filles de première année, choisies par leurs camarades parmi les plus jolies, forment une procession et portent une guirlande de marguerites... Tu vois ces jeunes filles en robes blanches, couronnées de fleurs, se faisant avorter !

— Et tu as trouvé un médecin complaisant ?

— J'avais un kyste, qu'il a fallu opérer. Le chirurgien a profité de l'occasion... Mais j'ai été très malade. J'étais à peine remise pour mon voyage en Europe. Tu vois, j'ai déjà eu des expériences... Qu'allons-nous voir demain ? Il nous faut un programme. Allons visiter la

Conciergerie, où Marie-Antoinette a été emprisonnée. J'ai beaucoup de compassion pour elle. Son sort a été tragique. Comme celui de Mary Stuart... J'ai aussi beaucoup de compassion pour Mary Stuart. Ma grand-mère était écossaise, c'est peut-être pourquoi j'aime Mary Stuart et déteste Elizabeth. Et toi ?

— Ma grand-mère était bretonne.

— Ce n'est pas ce que je te demande. Qui préfères-tu : Mary Stuart ou Elizabeth ?

— Marie Stuart. D'ailleurs, elle était un peu bretonne. Elle a passé par la Bretagne ; il y a encore des maisons où elle s'est arrêtée, qui portent son nom.

— Il n'y a pas eu de reine en Bretagne ?

— Seulement une duchesse.

— Est-ce qu'elle a été exécutée ?

— Non. Elle a eu deux maris, tous deux rois de France.

— J'aime beaucoup l'Histoire de France, dit Jessy.

J'allai dîner, le soir même, chez Nicole V. J'avais songé à faire inviter Jessy mais, au dernier moment, y renonçai : quel plaisir prendrait-elle à nous entendre évoquer le passé et nous plaindre du présent ? Elle me fit promettre de la rejoindre à Neuilly, à la fin de la soirée.

Ce fut Amaury qui vint m'ouvrir.

— Salut, dit Amaury. Viens qu'on te voie... Tu es toujours beau. Toujours fleuri.

— C'est toi qui es fleuri.

— Non, c'est toi. De plus en plus fleuri. Où as-tu trouvé cette chemise ? J'en cherche, avec un col semblable. Cela vient d'Amérique ? J'aurais dû te demander de m'en rapporter une. Fais voir comme tu es beau... Regardez-le, Nicole. Il est toujours dandy.

— Nous dînons ici, dit Nicole.

— Pas du tout, s'écria Amaury. Je vous ai invités au restaurant. C'est une affaire entendue.

— Elle n'est pas entendue dans mon esprit, dis-je. Je ne vois pas pourquoi...

— Je n'ai pas envie de sortir, dit Nicole. Il y a des sardines et des pâtes.

— Il n'est pas question que vous nous fassiez à dîner, dit Amaury. Si Germaine avait été là... Au fait, comment va-t-elle, cette bonne Germaine ?

— Elle va bien. Elle rentre bientôt.

— Habillez-vous, Nicole. Je vous emmène dîner à Saint-Germain-des-Prés.

— Pierre, dit Nicole, expliquez-lui que sa politesse excessive est tuante.

— Ta politesse excessive est tuante.

— Servez-vous à boire, dit Nicole. Il y a du porto, du pastis...

— Alors, l'Amérique ? dit Amaury quand il eut versé le pastis dans les verres. Ils sont en train de recevoir la pile, les Ricains. C'est bien fait pour eux. Ils n'avaient qu'à ne pas désarmer. Et ça ne fait que commencer... Après la Corée, qui durera vingt ans, il y aura autre chose. Ils vont être obligés de se battre partout et tout le temps, comme les Romains aux frontières de l'Empire. Et ils perdront toujours la première manche. Ils évacueront l'Europe, et nous subirons le sort de la Tchécoslovaquie et de la Hongrie. D'ailleurs, vue de là-bas, la France n'est pas très différente de la Hongrie, de la Pologne, j'imagine ?

— La politique t'excite toujours.

— C'est ce qu'il y a de plus amusant, non ? Où as-tu été en Amérique ? Es-tu allé dans le Sud ? J'aurais voulu être Sudiste.

— Mais nous sommes des Sudistes ! s'écria Nicole.

— C'est très agréable d'être vaincu, dit Amaury. On n'a plus à s'occuper de rien. On ne se sent plus responsable. Et c'est très bon pour la littérature.

Nous mangeâmes nos pâtes en silence. Il y avait de l'orage et, par la fenêtre ouverte, on voyait les éclairs suivis de coups de tonnerre.

— Cela me rappelle les 155 longs de Molières, dit Amaury.

— Heureusement qu'ils n'éclataient pas tous, dis-je.

— Te rappelles-tu Bineau, ce con, qui voulait une citation parce qu'il avait reçu une décharge électrique en téléphonant pendant un orage ? Et Bargemont qui voulait un ordre pour aller piller les granges en territoire italien ?

— Je connais toutes ces histoires, dit Nicole. Aidez-moi à débarrasser.

Couchée sur le divan, sa chatte serrée contre elle, Nicole nous observait tour à tour.

— Vous n'avez pas changé, dit-elle. Vous avez gardé votre mentalité d'avant-guerre. Vous êtes des demi-soldes. Toujours amers...

— C'est ce qui nous sauve et nous permet de garder l'esprit libre, dit Amaury. Le sudisme, c'est une bonne attitude d'esprit.

— Cela ne peut vous mener à rien, dit Nicole. Il faut vivre avec son époque.

— Pas du tout ! s'écria Amaury. C'est contre son époque qu'il faut vivre. Vous la trouvez belle cette époque ?

— C'est la nôtre.

Il y eut un violent coup de tonnerre. L'orage se rapprochait.

— Que fais-tu de tes journées ? dit Amaury.

— Je fais visiter Paris à une jeune Américaine. Je m'aperçois que je ne connaissais pas Paris. Je n'avais jamais entendu parler du « complot de la rose » par lequel on a cherché à faire évader Marie-Antoinette de la Conciergerie. J'apprends des tas de choses de ce genre... Mon Américaine se proclame royaliste.

— Il faut me la faire connaître, dit Amaury.

— Je vais vous l'amener, Nicole. Je voudrais que vous lui appreniez à s'habiller. Elle porte des toilettes impossibles, des jupons, des corsages avec des manches à gigot... Elle a l'air déguisée.

— Je vais vous faire entendre mes chants orthodoxes, dit Nicole. Après, je vous demanderai de partir. J'ai encore deux collections demain matin et je veux me reposer.

— Comment trouves-tu Nicole ? dit Amaury, quand nous fûmes dehors, nous dirigeant vers une station de métro. Elle t'a parlé de son divorce ? Les femmes ont de ces jalousies rentrées. C'est le début du retour d'âge. Nicole est folle. En plus, elle est malade.

Amaury m'apprit alors qu'opérée, six mois plus tôt, d'une occlusion intestinale, Nicole s'était mal remise de l'opération. Sans doute faudrait-il réopérer.

Je quittai Amaury et pris la direction de Neuilly. Les éclairs illuminaient les hauts immeubles de l'avenue de Neuilly et la pluie faisait rage. Je passai d'un bond devant la loge du concierge, grimpai l'escalier dans le noir, car l'électricité était coupée. Je frappai à la porte de l'appartement. Jessy, dans une chemise de nuit qui lui tombait jusqu'aux pieds, les cheveux épars, m'apparut à la lumière théâtrale d'un éclair illuminant le vestibule.

— Pourquoi m'as-tu laissée si longtemps ? dit-elle. Pourquoi ne venais-tu pas ? Il ne faut pas me laisser. As-tu entendu l'orage ? La foudre est tombée près d'ici ; il y a eu une détonation. Sûrement, quelque chose a explosé. Il n'y a plus d'électricité, et je n'ai pas trouvé de bougie.

— Calme-toi. Je suis là.

— Il ne faut pas me laisser.

— Je ne te laisserai plus, ma chérie, je te le promets. Viens dans ta chambre. Ne reste pas ainsi pieds nus sur le parquet.

Jessy avait passé les bras autour de mon cou. Son corps, que je devinais sous la chemise, était secoué de tremblements.

— Je ne peux pas marcher, si tu restes ainsi collée à moi, dis-je.

Nous avancions de biais, à pas comptés, dans le couloir plongé dans le noir.

J'aidai Jessy à se coucher. Agenouillé sur le sol, je mis mon visage contre le sien. Des sanglots légers la secouaient encore et elle murmurait de la même voix de reproche : « Il ne faut pas me laisser. »

Je la berçais. Elle s'endormit bientôt. Je restai penché sur elle, la tenant embrassée, écoutant l'orage s'éloigner. Je m'enveloppai dans une couverture et m'étendis près d'elle, au bord du lit, et je m'endormis.

A l'aube, Jessy me réveilla.

— Viens, dit-elle. Viens près de moi.

Je me déshabillai et la rejoignis dans le lit.

J'étais encore couché quand Jessy entra dans la chambre, portant le plateau du petit déjeuner.

— C'est samedi, dit-elle. Vois comme il fait beau ! Partons. Quittons Paris. Allons passer le week-end à la campagne.

— Mais je n'ai pas de voiture !

— Prenons le train. Allons à Fontainebleau. Nous visiterons le château. Il faut que je connaisse tous les châteaux des rois de France. Je vais téléphoner à Deborah, pour me rendre libre. Nous devions nous voir pendant le week-end.

— Viens d'abord près de moi. Embrasse-moi... Qui t'a appris ces caresses ? Y a-t-il des cours sur le sujet à Rebecca-Sloane, avec travaux pratiques ?

— Ne sois pas grossier. Et laisse-moi téléphoner.

Du salon me parvenaient les éclats de rire de Jessy. La conversation se prolongeait. J'eus envie d'entrer dans la pièce et de dire : « Ça suffit... Raccroche. » Mais je ne le fis pas.

— Que racontiez-vous toutes les deux, dis-je quand Jessy reparut. Qu'est-ce que vous complotiez ? Et d'abord, est-ce bien à Deborah que tu parlais ?

— Tu es toujours aussi soupçonneux.

— On ne l'est jamais trop. On est toujours trahi. Qu'y avait-il de vrai dans ce que tu m'as raconté au sujet de Deborah ?

— Que t'ai-je raconté ?

— Ces réunions dans un champ, auxquelles Deborah participait avec d'autres étudiantes... Il y avait l'un de vos professeurs... Que faisiez-vous ? Boire ? Fumer ? Est-ce que vous jouiez à la roulette russe ?

— On s'ennuyait tellement, dans cette boîte ! Il fallait bien se distraire. Il y avait des filles vicieuses, mais je ne les aimais pas.

— Mais, toi aussi, tu as participé à ces réunions. Deborah me l'a dit.

— Deborah ment.

Jessy mentait, elle aussi. J'en eus la preuve le

soir même, dans notre chambre d'un hôtel de Fontainebleau. Elle était assise dans le grand lit de cuivre qui tenait presque toute la pièce, les seins nus, le visage à demi caché par de longues mèches de ses cheveux noirs.

— Donne-moi une goutte de scotch, dit-elle.

— Tu bois trop.

— Ne me gronde pas tout le temps.

Je pris la fiasque de whisky achetée à la buvette de la gare, sur la demande de Jessy, et versai une rasade dans le verre à dents. Elle but une gorgée d'alcool pur, fit une grimace comme si elle avait absorbé une potion amère.

— Dommage que ça ne soit pas du bourbon, dit-elle. Dans le Kentucky, c'est du bourbon que l'on boit. Quand tu viendras dans mon pays, je te ferai boire des mint-juleps : du bourbon avec des feuilles de menthe... Te rappelles-tu le dicton que je t'ai appris, quand tu es venu à Rebecca-Sloane ? Dans le Kentucky, les femmes sont belles et les chevaux rapides.

— ... ou le contraire !

— Il faut que j'aille vite. Je n'ai pas beaucoup de temps devant moi. C'est ce que j'ai compris ce printemps, quand j'ai dû me faire opérer et que j'ai été si malade. Je dois te faire un aveu : je t'ai menti l'autre jour. Ce n'est pas Eric qui m'a mise enceinte, c'est un autre homme. Un ami du Kentucky, un ami de mon père, que j'avais retrouvé à New York. Et je n'ai couché qu'une seule fois avec lui. Tu parles d'un manque de pot ! Lui aussi, après, il voulait m'épouser. Tous, ils veulent m'épouser. Peut-être le voudras-tu un jour? Mais je ne veux pas me marier. Et toi non plus, n'est-ce pas, toi non plus tu ne veux pas te marier ?... J'aurais dû te dire la vérité, au sujet de Philip, cet ami de mon père. C'est cela que je veux : pouvoir tout dire de moi à un homme qui me comprenne et qui m'accepte telle que je suis. Je ne l'ai pas encore rencontré. Je veux qu'il m'aime assez pour me pardonner, si j'ai fait des choses mauvaises, et qu'il me défende contre moi-même.

Jessy reposait et j'écoutais le rythme encore précipité de son souffle.

— Il faut aller te laver comme une petite chèvre, dis-je.

— Pourquoi ? Si cela est fait, c'est trop tard. O Pierre ! C'est si triste que nous ne puissions parler qu'avec crainte de l'enfant que nous pourrions avoir ! C'est vrai, je ne veux pas d'enfants. Je ne veux pas me sentir limitée. Mais toi ?

— J'en ai peut-être.

— Tu ne me l'as jamais dit. Est-ce vrai ?

— Il y a des tas de secrets dans une vie. Parle-moi de la vie dans ton collège. Parle-moi de tes amies. Est-ce qu'elles non plus ne voulaient pas d'enfants ?

— J'étais une petite provinciale, quand je suis arrivée à Rebecca-Sloane. Je n'étais jamais sortie du Kentucky. Je me trouvais stupide au milieu de mes camarades. Plusieurs d'entre elles avaient vécu en Europe et parlaient des langues étrangères. Ma camarade de chambre parlait le français. Elle était irlandaise. Ses parents étaient divorcés et elle passait son temps à aller et venir entre l'Amérique et l'Europe. Il y avait aussi des Sud-Américaines, filles de diplomates. Toutes ces jeunes filles connaissaient New York, elles avaient le chic « cosmopolite ». J'avais honte de mon accent du Sud.

— Mais j'aime beaucoup ton accent !

— Je l'ai corrigé. Donne-moi encore une goutte de scotch. Et une bouffée.

Je me levai pour la servir et allumai une cigarette que je lui tendis.

— Tu ne me parles jamais de toi, dit-elle.

— Moi aussi je suis un provincial.

— Alors, nous sommes deux provinciaux à Paris.

— Ce sont les provinciaux qui aiment les grandes villes. Ils peuvent s'y perdre. C'est pourquoi nous avons aimé New York l'un et l'autre.

— Parfois, je regrette New York. Surtout le soir, quand les lumières s'allument et que c'est l'heure du premier Martini-dry... Le père de Jennifer, ma camarade de chambre, avait un appartement sur Park Avenue. Il me servait de correspondant. Lui aussi, il m'a fait la cour. Il faisait la cour à toutes les amies de sa fille... Quelquefois, je prenais une chambre au Biltmore, avec une amie. On retrouvait des garçons de Yale et de Princeton, « sous l'horloge », à l'entrée du hall. On allait dîner dans un restaurant français de la Troisième avenue. C'est là que j'ai pris le goût des escargots et des Gauloises bleues. Et puis, on allait danser au Pierre ou au Saint-Regis. C'était la « vie gracieuse ». Mais je ne vais pas passer mon temps à la regretter. J'ai trop de choses à apprendre, et c'est toi qui me les feras connaître. Avec toi, les choses sont plus riches.

— Tu as déjà beaucoup d'expérience. Et ces réunions dans un champ ?

— Je ne veux pas parler de cela. J'ai oublié ces histoires de collège. Parle-moi du château que nous allons visiter demain.

— Je vais te faire un aveu : c'est la première fois que je le visite. Je sais qu'il y a des carpes centenaires dans l'étang. Elles ont un anneau dans le nez, c'est ainsi que l'on connaît leur âge.

— Est-ce que je te plairais avec un anneau dans le nez ?

— Tu me plairais avec tes tatouages et une plume dans les cheveux. Tu as abandonné toutes les coutumes de ta tribu... Que dira le chef, quand il l'apprendra ?

— Tu plaisantes, mais tu ignores que j'ai du sang indien. Mon grand-père prétendait avoir des Indiens parmi ses ancêtres. Nous en sommes très fiers dans la famille !... Il est vrai que mon grand-père racontait beaucoup d'histoires.

— Tu es une jeune squaw.

Il faisait si chaud, le lendemain, que Jessy voulut se mettre en short. Cuisses et jambes nues, les pieds dans des mocassins, les cheveux épars sur les épaules, retenus sur le front par un ruban de velours, elle paraissait avoir quinze ans.

— Ne te colle pas à moi tout le temps, dis-je. Les gens nous regardent.

— Je me moque des gens, dit Jessy. Ils sont tous laids. Il n'y a que nous qui sommes beaux.

— Cesse de parler tout le temps. Écoute le guide.

— J'aurais aimé être la maîtresse d'un roi. Comme Arabella Churchill et Diane de Poitiers. Explique-moi qui était François Ier, ce qu'il a fait.

— C'était un Valois.

— Était-il l'ancêtre de Louis XIV ?

— Non. Louis XIV était un Bourbon.

— J'ai vu un film sur François Ier avec Lana Turner dans le rôle de Diane de Poitiers.

— Je l'ai vu aussi. « Francis chéri, vous devez donner une constitution à la France... » J'entends encore Lana Turner dire à l'un des compagnons de François Ier : « Comment allez-vous, Marshal Bonnivet ? »

— C'est toi qui es « Marshal Bonnivet », dit Jessy en éclatant de rire. C'est ainsi que je vais t'appeler désormais. Marshal Bonnivet, je voudrais aller dans la forêt.

— Diana, il faut d'abord terminer la visite.

— O.K., Marshal Bonnivet.

Nous nous assîmes dans le jardin de Diane. Nous descendîmes le grand escalier de pierre qui mène à la cour des adieux.

— C'est ici que Napoléon a fait ses adieux à la vieille Garde, dis-je. Quand j'étais enfant, j'étais ému par cette scène des adieux, le geste de l'Empereur embrassant le général Petit...

— Moi, c'était Lee que j'admirais. Lee dans son grand uniforme gris, portant son sabre à la poignée ornée de pierres précieuses, que les femmes du Sud lui avaient offerte. Le grand-père de ma mère était dans l'armée Confédérée. Il avait servi sous Beauregard. A la maison, j'ai un chat noir si aristocratique et qui a de si longues moustaches que je l'ai appelé Beauregard.

— Je me serais bien battu sous Beauregard. Cette guerre-là, au moins, avait un sens. Connais-tu des chansons de la guerre de Sécession ? Connais-tu Brother Jones, qui raconte la mort d'un soldat Confédéré ?

— Marshal Bonnivet...

— Je sais ce que tu vas me dire.

— Je veux déjeuner et boire du vin rosé.

— Un jour, je te ferai goûter un vin rosé dans un pays que j'aime. Je te ferai connaître ce pays et les Alpes au-dessus de Nice. Nous mangerons du loup au fenouil avec du vin rosé.

— Si tu aimes ce pays, je veux le connaître et l'aimer aussi.

Après le déjeuner, nous prîmes le chemin de la forêt. La chaleur pénétrait jusqu'à nous à travers le feuillage des grands arbres et la forêt était pleine de bruissements et d'échos. Des couples d'amoureux, à peine entrevus, disparaissaient derrière les fourrés.

— Asseyons-nous ici, dis-je. A l'écart du sentier. Ce rocher nous cache... Allonge-toi sur mon veston. Es-tu bien ?

— Je suis très bien. Embrasse-moi... Si mon

père me voyait ! dit-elle dans un soupir. Il est très sévère. Je sais qu'il ne me pardonnera pas de ne pas être rentrée en Amérique. Il a fait la guerre en Europe, en Italie et en Allemagne. Il n'a pas aimé Paris. C'est l'Allemagne qu'il a préférée, parce qu'elle ressemble à l'Amérique. Il n'a rien vu, rien compris... Pour lui, rien n'existe en dehors du Kentucky, du bourbon et du Derby.

Je me mis à caresser Jessy par l'ouverture de son short. La tête renversée dans la mousse, elle gémissait. Par la bouche entrouverte, je voyais les deux incisives et, au-dessus des lèvres, les narines grandes ouvertes tapissées d'un fin duvet. Je défis le bouton qui maintenait son short et l'abaissai sur les cuisses.

— Si un garde nous surprend, dis-je à l'oreille de Jessy, je serai poursuivi pour attentat à la pudeur.

— On ne peut rien contre Marshal Bonnivet.

— « Une jeune Américaine, violée par un satyre... »

— C'est la jeune Américaine qui va violer Marshal Bonnivet.

Elle se jeta sur moi et me maintint au sol avec une force qui me surprit. Elle défit ma ceinture. Étendu sur le dos, je regardais le ciel, à travers les branches des arbres.

— Es-tu heureux ? dit Jessy. Je veux que tu sois heureux et que tu aies besoin de moi.

— Il y a longtemps que je n'ai été aussi heureux. A vingt ans, peut-être... Mais j'ai un peu peur. Tu es si jeune.

— Et toi, un matou plein de vices. Je sais bien que tu as eu des tas de femmes. Elles étaient toutes amoureuses de ton gros nez, j'en suis sûre.

— Tu es trop jeune pour moi.

— Ne sois pas ridicule. Je n'aime pas les hommes jeunes. Je m'ennuie avec eux, ils n'ont rien à dire... Embrasse-moi, je veux sentir ton gros nez. Tu sais que c'est un très bon signe d'avoir un gros nez ?

— Un signe de quoi ?

— Ne sois pas grossier.

— Qui t'a dit cela ?

— Jimmy Crackcorn.

Elle se mit à chanter, d'une voix mal assurée :

Jimmy Crackcorn
And I don't care
The master's gone away...

— Chante-moi des chansons de ton pays.

— Je n'en sais aucune complètement. Seulement quelques couplets.

— Chante-les.

Jessy chanta :

O Johnny one note
Green grow the rushes o !

Je lui fis répéter l'air et les paroles et nous revînmes vers l'orée du bois en chantant.

Nous nous habillâmes pour le dîner. Les tables de la salle à manger étaient recouvertes de nappes blanches qui tombaient jusqu'à terre. Il y avait des couverts d'argent terni ; des corbeilles de fruits contenant une orange, une pomme, une banane ; un flambeau avec une bougie électrique coiffée d'un abat-jour rose ; une fleur dans un vase. Le menu était tapé à la machine sur un carton orné d'une aigle impériale.

— Il y a des *N* partout, dit Jessy. Sur les assiettes, les couverts... Et, dans l'escalier, tu as vu les portraits des frères et sœurs de Napoléon ?

— On nage en pleine épopée.

— Pourquoi n'est-ce pas François Ier, puisque c'est lui qui a bâti le château ?

— François Ier est un peu oublié. Diane de Poitiers aussi.

— C'est dégoûtant ! Puis-je avoir de la langouste en supplément ?

— Tu peux avoir tout ce que tu veux.

— Avec la langouste, je veux du Sancerre, je l'aime beaucoup. Et, avec le poulet, du Mouton-Rothschild. Quand je vois mes stupides compatriotes boire du lait à table, ou du café au lait, j'ai envie de...

Le serveur changeait les assiettes, tournait la salade, servait le vin avec un luxe de gestes et de courbettes qu'il ponctuait de « s'il vous plaît, madame... ». « S'il vous plaît, monsieur. »

Jessy me donnait des coups de pied sous la table.

— Un peu de vin, s'il vous plaît... On est bien, qu'en penses-tu ? Ce serveur me plaît beaucoup.

— Voici, madame. S'il vous plaît, madame.

— S'il vous plaît, Marshal Bonnivet, je voudrais une cigarette.

— Voilà, Diane chérie. En attendant une constitution pour la France.

— Dis donc, on se goberge drôlement.

— A ce train-là, mes dollars vont vite disparaître.

— Tu es tout le temps à parler d'argent, comme tous les Français. Demain, j'entre au Plan Marshall, j'aurai plein de fric et je t'entretiendrai.

— Vive le général Marshall !

— Vive Marshal Bonnivet ! Je voudrais du café. S'il vous plaît.

Jessy était secouée de petits rires. Son regard brillant et tendre ne quittait pas le mien.

— Tu es pressé de monter dans notre chambre, dit-elle. Je le vois bien.

— C'est toi qui es pressée

— Ne sois pas grossier.

— Allons fonder une démocratie dans notre chambre.

— Je veux d'abord que tu me dises que tu es heureux. Nous allons faire des choses merveilleuses... Cet hiver sera *notre* hiver. Tu vas voir comme je t'aimerai. Commande une demi-bouteille de ce vin. Je l'aime beaucoup.

— Tu as assez bu. Je voudrais faire un tour dans la ville.

— Quel dommage qu'il n'y ait pas une *pine-room* comme à Rebecca-Sloane. On aurait été boire un scotch à la *pine-room.* Comment prononce-t-on ce mot à la française ?

— *Pine room.*

Jessy éclata de rire et se leva de table.

La soirée était belle. Nous longeâmes le mur du château et empruntâmes des rues sombres, bordées de villas. Jessy tenait ma main.

— Avec toi, dis-je, cela m'est égal de ne pas être d'accord. Maintenant, cela m'est tout à fait égal.

— Avec quoi n'es-tu pas d'accord ?

— Avec tout. Les discours, les articles des journaux, la rhétorique officielle. C'est très difficile de vivre dans son pays, si l'on n'est pas d'accord avec la rhétorique officielle. Ma génération est celle qui a perdu la guerre. On lui dit qu'elle l'a gagnée... Comment veux-tu que je croie cela ? J'étais devenu un militaire de carrière ; je croyais aux combats entre armées régulières. La guerre des partisans, qui est la guerre civile, je n'ai pas pu m'y faire. Et pourtant, elle est plus excitante que la guerre étrangère... Mais je n'avais pas la foi.

J'avançais, léger, porté par l'ivresse du repas.

— J'avais un camarade que j'aimais. Il est mort dans des circonstances terribles, à la fin de la guerre. Un jour, je te raconterai... J'ai besoin de raconter cela à quelqu'un. Mais pas ce soir, non, pas ce soir... Et si je ne partais pas pour le Midi ? Si je télégraphiais à mon ami Olivier, pour lui dire que je ne peux pas le rejoindre ?

— Non, Pierre, il faut y aller, dit Jessy. Tu aimes naviguer et ce sont tes vacances. Moi, je vais être très prise, au début, par mon travail. N'aie pas peur pour moi. Je t'attendrai.

Les clients assis dans le hall levèrent la tête quand ils nous virent rentrer à l'hôtel. Les regards nous suivirent jusqu'en haut de l'escalier.

Nous nous couchâmes dans le grand lit de cuivre ; la fatigue de la journée reflua sur nous ; nous nous tenions enlacés, les joues brûlantes.

— Je veux que tu sois heureux et que tu oublies, dit Jessy.

— Avec toi, j'oublierai.

Nous rentrâmes à Paris dans un autocar bondé de voyageurs et je dus rester debout pendant le trajet. A la porte de Vincennes, Jessy me quitta pour se rendre à Neuilly et j'allai rue d'Alésia. Rendez-vous fut pris à la terrasse des Deux Magots à six heures du soir.

L'idée me vint qu'il pourrait amuser Jessy de faire la connaissance d'Amaury. N'allait-elle pas se lasser de me voir toujours seul ? J'allai téléphoner dans un bistrot voisin et invitai Amaury à nous rejoindre.

Je descendis de l'autobus devant Saint-Germain-des-Prés et comme je traversais la place, j'aperçus de loin, assise à la terrasse du café où tous les guéridons étaient occupés, une jeune femme en noir, le coude appuyé sur la table, le menton dans la main, et je reconnus Sarah Melvin.

— Hello ! dit Sarah Melvin. Je vous croyais

parti pour Toulon. Est-ce que vous n'allez pas naviguer ?

— Je pars demain.

— Moi aussi, s'écria-t-elle. Nous pourrions voyager ensemble ? Je prends le train Bleu. Retrouvons-nous sur la Côte... J'aimerais faire du bateau avec vous. Mais peut-être n'avez-vous plus envie de me voir ?

— Si, dis-je. Mais, ce soir...

— J'ai fait une rencontre extraordinaire, dit Sarah Melvin. J'étais à la terrasse du Flore, un soir de la semaine dernière, il était minuit passé et je sentais sur moi le regard d'un homme assis à une table voisine. Il m'a adressé la parole en anglais et je lui ai répondu, je ne sais pourquoi, car je n'aime pas beaucoup cette façon de faire... Il m'a présenté sa femme et celle-ci m'a tout de suite invitée pour le week-end. Il y a une atmosphère, la nuit, à la terrasse de ces cafés... Lui est très beau. Elle, une femme remarquable. Je voudrais que vous les connaissiez.

Sarah Melvin s'animait, comme si elle avait voulu me faire partager sa passion pour ses nouveaux amis.

— Leur maison de campagne est adorable, dit-elle. Un ancien presbytère arrangé avec beaucoup de goût. Un jardin de curé.

— Vous savez déjà reconnaître un « jardin de curé » ?

— C'est eux qui me l'ont dit, naturellement. Antoinette est très artiste. Chez elle, à Passy, elle a de très beaux modernes : des Braque, un Miró... Elle avait une galerie de tableaux avant la guerre. C'est une femme autoritaire. Elle et Roger passent leur temps à se disputer. Je crois bien qu'il l'a épousée pour son argent... Elle veut que j'aille m'installer chez eux cet hiver, mais j'hésite. Ce n'est pas lui, c'est elle qui me fait peur.

— Je comprends, dis-je. Il va falloir que je vous quitte.

— Retrouvons-nous dans le Midi. Je serai au Carlton de Cannes, pendant quelques jours.

Une femme que je n'avais pas vue venir se tenait debout devant le guéridon. Forte, les cheveux gris coupés court, vêtue d'un cardigan lâche sur lequel pendait un collier d'ambre, on se disait qu'elle avait dû être belle dans les années vingt. Je me levai pour lui laisser ma chaise et m'esquivai, à peine faites les présentations.

Je flânai dans la rue Bonaparte, pris la rue Jacob, revins vers la terrasse des Deux Magots. Amaury y était assis.

— Comment vas-tu ? dit Amaury.

— Je suis amoureux.

— Encore !

— C'est la jeune Indienne dont je t'ai parlé.

— Je croyais qu'il n'y avait plus d'Indiens. Qu'on les avait tous massacrés.

— Il subsiste quelques tribus, dans des réserves. Ils sont misérables. Il y a un mouvement en faveur de leur libération. Des acteurs, des écrivains...

— On va libérer ta jeune Indienne.

— C'est déjà fait. Elle vient du Kentucky.

C'est un très beau pays. Il y a des chevaux, l'herbe est bleue... « Les chevaux sont rapides et les femmes sont belles. Ou le contraire. » C'est un dicton du pays.

— Les chevaux rapides et les femmes... J'ai compris. C'est l'armée américaine, qui n'est pas rapide. On n'a plus confiance en elle. On va supplier les Allemands de réarmer et leur en donner les moyens. Mais voilà : ils ne veulent rien savoir. Cinq ans après leur défaite, c'est comique, non ?

— La voilà, dis-je.

Je me levai, fis un geste pour attirer l'attention de Jessy, qui me cherchait. Je lui présentai Amaury.

— Ne te laisse pas impressionner par son titre de médecin, dis-je. C'est ce que nous appelons un médecin marron, c'est-à-dire peu recommandable. Il était médecin militaire, ce qui n'arrange rien.

— C'est votre premier voyage en Europe, mademoiselle ? dit Amaury.

— Oui, dis-je. Elle vient de finir ses études.

— Ce n'est pas à toi que je parle. Je vous plains, mademoiselle, d'être tombée sur cet individu. Il a un caractère impossible. Il est jaloux. Il vous rendra très malheureuse. Et il ne connaît pas Paris. Si vous avez besoin d'un bon guide, je suis à votre disposition.

— Mais Pierre est un très bon guide, dit Jessy.

— Je vois que vous êtes aveugle, envoûtée, comme tant d'autres malheureuses.

— Il y en a eu beaucoup ?

— Des tas... Il a des bâtards dans tous les coins. Il a un dossier aux mœurs.

— Vous étiez ensemble à l'armée ? Comment était-il ?

— Tout le temps fourré dans les boîtes de nuit, à Nice, à boire avec les entraîneuses.

— Qu'est-ce qu'un « dossier aux mœurs » ?

— Ne l'écoute pas, dis-je. Où allons-nous dîner ?

— Connaissez-vous la Grenouille ? dit Amaury. Je vous invite.

— C'est moi qui ai téléphoné pour t'inviter.

— J'insiste. Je veux que mademoiselle ait bonne opinion de l'hospitalité française.

— Laisse-moi prendre soin de l'hospitalité française.

— Il ne connaît aucun restaurant, mademoiselle.

— Appelez-moi Jessy.

— Jessy, il ne connaît rien... C'est un expatrié. Une sorte d'apatride... C'est dit. Je vous invite. Tous les deux, puisqu'il n'y a pas moyen de faire autrement.

— Justement. Je ne peux pas accepter.

Jessy riait.

— Tu vois à quels excès peut mener la bonne éducation, dis-je. Une éducation fleurie... Elle va très bien avec le prénom désuet de mon ami.

— J'aime beaucoup ce prénom, dit Jessy.

Nous restâmes encore un instant à la terrasse du café. Des femmes coiffées avec une queue de cheval, les seins moulés dans des sweaters sans manches ; des hommes barbus en chandail de marin, les pieds nus dans des sandales de cuir, passaient et repassaient devant nous. Un artiste chevelu, sous le bras un carton à dessin, s'arrêta devant notre table. Par une mimique — crayon tendu à bout de bras, œil mi-clos — il fit comprendre qu'il voulait faire le portrait de Jessy. Un Algérien nous proposa des pistaches. De temps en temps, je me détournais pour voir le profil de Sarah Melvin, le menton dans la main.

— Qu'est-ce qui vous plaît à Paris? dit Amaury. Je ne comprends pas qu'on y vive, si l'on peut faire autrement. Pourquoi n'allez-vous pas à Rome ? Vous n'aimez pas le baroque ?

— Si, dit Jessy. C'est-à-dire... Je ne le connais pas très bien.

— Mais alors, il faut aller à Rome. Écoutez : je vais en Italie dans dix jours. Accompagnez-moi. Je vous montrerai du baroque.

— Tu es toi-même assez baroque, dis-je.

— Les Italiens sont bien plus sympathiques que les Français, dit Amaury. Les Français sont hargneux. Ils détestent les étrangers et se détestent entre eux. Ils sont malheureux de ne plus pouvoir dénoncer leurs voisins, pour les faire arrêter. C'est ce qu'ils aimaient, il n'y a pas si longtemps... Tenez : j'étais à Rome, l'année dernière, en septembre. C'est le bon moment. Je déjeunais dans une trattoria, près du Colisée.

— Célèbre monument baroque !

— A la fin du repas, je cherche des cigarettes dans ma poche. Le paquet était vide ; je le froisse dans ma main. Le garçon qui avait vu mon geste, savez-vous ce qu'il a fait ? Il sort un paquet de sa poche et me le tend pour m'offrir une cigarette. Jamais, en France, vous ne verrez un garçon de café faire cela ! Essayons pour voir... Garçon, avez-vous une cigarette ?

— Je vais appeler la vendeuse, dit le garçon.

— Vous voyez ! dit Amaury.

A la Grenouille nous attendîmes debout, dans la cohue, une table libre. Le menu était inscrit à la craie sur un tableau noir. Après nous avoir consultés, Amaury cria au serveur : « Trois gigots. » Il commanda une bouteille de vin et remplit les verres posés devant nous. Tourné vers Jessy, il demanda : « Cela vous amuse ? »

— J'aime les bistrots, dit Jessy.

— Je vous en ferai connaître, dit Amaury.

— Et à moi, dis-je, est-ce que tu en feras aussi connaître ?

Les assiettes glissaient sur le marbre des tables. Amaury versa du vin dans les verres. Serrée entre nous, Jessy se penchait tantôt vers l'un, tantôt vers l'autre. Elle nous parlait à l'oreille, posait les mains sur un bras, une épaule, riait aux plaisanteries d'Amaury.

— Merci, mon petit vieux, dis-je à Amaury quand nous nous trouvâmes dehors. C'est très amusant, ce bistrot... Jessy, il ne faut pas tarder. N'oublie pas que demain... Demain, elle entre comme secrétaire au Plan Marshall. Voilà un taxi. Profitons-en. Salut et merci.

— Pourquoi avons-nous plaqué Amaury ? dit Jessy. Il me plaît beaucoup.

— Tu lui plais aussi beaucoup. Est-ce qu'il ne t'a pas fait du pied sous la table ?

— Tu es sot. Il a bien vu que j'étais amoureuse de toi.

— Il va chercher à te revoir, pendant mon absence.

— Cela m'amuse quand Amaury te taquine. Je sens qu'il t'aime bien.

— Veux-tu que nous allions danser ?

— Oh ! oui, dit Jessy. Il y a longtemps que je n'ai pas dansé avec toi. Depuis New York.

Je donnai au taxi l'adresse d'une boîte, près de Montparnasse. Le pianiste avait une loupe sur le crâne. Il jouait des mélodies dans le style de Charlie Kuntz.

— Parle-moi d'Amaury, dit Jessy quand nous fûmes assis.

— Il y a beaucoup de choses entre nous, dis-je. Beaucoup de souvenirs... Nous nous connaissons si bien que nous savons ce que nous pensons sans nous le dire. Nous partageons les mêmes préjugés, nous avons les mêmes phobies. Quand nous sommes seuls, il nous arrive de passer une soirée entière, presque sans parler. Les vieux amis sont comme les vieux couples qui ont passé une grande partie de leur vie ensemble. Ils ne font plus d'efforts.

— C'est très triste.

— Mais c'est moins fatigant.

— Vous êtes amusants et drôles, tous les deux et, en même temps, on vous sent comme découragés. C'est cela qui est triste chez les Français : ils sont découragés, ils ont l'air déçus.

— Tous les Français ne sont pas comme nous. Tu es mal tombée. La majorité des Français ont été des héros. Il y a eu juste une poignée de mauvais Français, comme Amaury et moi, qui ne songeaient qu'à faire l'amour... Tu comprends, il y avait des millions de prisonniers ; tu te rends compte du nombre de femmes à satisfaire !

— Je vois bien que tu te moques. Est-ce que tu me crois incapable de comprendre les choses ?

— Non, non !...

— Pourquoi n'êtes-vous pas restés dans l'armée ?

— Ce n'était plus la même armée. Peut-être, si nous avions été en Afrique... Cela dépendait beaucoup de l'endroit où l'on se trouvait. L'engagement, l'attitude politique, je veux dire... Je crois que, toute ma vie, je me poserai la question : pourquoi ai-je fait ce que j'ai fait et n'ai-je pas fait ce que je n'ai pas fait ? Il n'y a pas de réponse...

— Tu regrettes ?

— L'important, c'est de ne pas faire croire qu'on a fait ce qu'on n'a pas fait. Rester fidèle à soi-même. C'est là qu'est le courage.

— Au collège, chaque week-end, il venait des cadets de West Point. Ils n'étaient pas très recherchés. On les laissait aux filles les moins jolies.

— Les militaires n'ont pas bonne presse. Pourtant, je ne crois pas la proportion d'imbéciles plus grande chez eux que dans d'autres métiers. C'est-à-dire qu'elle est considérable. Viens danser.

A peine avais-je enlacé Jessy, qu'elle colla sa joue contre la mienne, d'un mouvement si prompt que j'eus comme un recul. Je n'attendis pas la fin de la danse pour dire :

— Allons nous asseoir.

— Si tu veux, dit Jessy.

— Comme tu es sage !

— N'est-ce pas ? Je fais tout ce que tu veux.

— Si je te disais de partir pour me suivre chez moi, tu le ferais ?

— Bien sûr. Tu ne te plais pas ici ?

— Non.

— Alors, partons.

— Tu es bien obéissante. Cela m'inquiète.

Quand elle fut en face des lions, Jessy fit semblant de ne pas remarquer leur laideur, ni la médiocrité du décor, et je lui en sus gré. Elle qui avait toujours vécu dans le confort, elle pourrait s'en passer, s'il le fallait. Elle serait capable de sacrifices. Je ne l'en aimais que davantage. Le lit était étroit et, tenant serré contre moi le corps de Jessy, je mis longtemps avant de m'endormir.

Le lendemain était son premier jour de travail. Tandis qu'elle s'habillait, je préparais le café.

— Je dors à moitié, dit-elle. Et toi, gros chat, tu vas te recoucher et dormir pendant que je travaillerai.

— C'est ainsi que je comprends la vie.

— Tu es un sultan. Où as-tu appris à faire du si bon café ?

— A la guerre.

— A la guerre comme à la guerre... J'ai l'impression de partir pour la classe, comme quand j'avais quinze ans.

— As-tu tout ce qu'il te faut? As-tu de l'argent? Voilà deux cents francs, pour ton taxi.

Sur le seuil, Jessy se retourna pour m'embrasser.

— Nous allons être très heureux, dit-elle.

J'avais donné rendez-vous à Jessy au buffet de la gare de Lyon, pour déjeuner. Elle me raconta sa première matinée au bureau. Il y avait un certain Bartlett et un certain Malcolm. Bartlett était laid et chauve. Il s'occupait des personnalités américaines de passage à Paris et son travail à elle consisterait à l'aider, à retenir des chambres d'hôtel, à organiser voyages et déjeuners, à servir d'hôtesse, au besoin. Malcolm était jeune et beau, avec de grands yeux sombres. Sûrement, il était pédéraste. A la cantine, elle avait acheté une cartouche de cigarettes à mon intention, pour la navigation, mais elle l'avait oubliée. Ce serait pour mon retour. Elle prendrait ses repas à la cantine, car elle n'avait qu'une heure pour déjeuner : aujourd'hui, elle avait demandé une autorisation exceptionnelle pour accompagner son « frère » au train. Bartlett était du Sud. Il était démocrate, naturellement. Malcolm, lui aussi, était démocrate.

— J'espère que Bartlett ne va pas te prendre sur ses genoux, comme le font les hommes d'affaires avec leurs secrétaires, dis-je.

— Tu lis trop le *New Yorker.*

— Je suis triste de te quitter. Sois bien sage.

— Toi aussi, sois sage. Mais reviens vite. Je n'aime pas être seule.

— Comme tu es jolie ! Comme tu as un joli nez !

— Tu me dis toujours des choses gentilles. Tu me gâtes beaucoup.

Devant la gare, je la quittai. Je la fis monter dans un taxi.

Je me penchai à l'intérieur et embrassai Jessy. Le taxi s'éloigna en faisant le tour de la place que traversaient les voyageurs. Je le suivis des yeux et vis Jessy, penchée à la vitre, qui agitait la main. Le taxi prit de la vitesse et disparut.

J'empoignai mon sac et m'avançai vers le portillon d'accès aux quais.

II

Le jour de mon retour à Paris, c'était un jour de la fin du mois de septembre encore chaud et lumineux, je me promenais dans les allées des Tuileries déjà couvertes de feuilles mortes. J'admirais les parterres de fleurs. Des nuages passaient dans le ciel bleu, au-dessus de l'architecture sévère des toits. J'attendais l'heure de me présenter rue Saint-Florentin où Jessy m'avait demandé de venir la chercher. Près d'un mois s'était écoulé depuis notre séparation et je n'avais reçu d'autres nouvelles que celles contenues dans deux lettres trouvées à Toulon, à la fin du périple.

Jessy avait quitté l'appartement de Neuilly et, après une période de dix jours à l'hôtel, elle avait loué une chambre chez une vieille dame, rue de Miromesnil.

Je traversai la rue de Rivoli, devant la terrasse des Feuillants, passai une première fois devant l'hôtel Talleyrand, hésitant à y entrer. Je revins sur mes pas, franchis la porte ouverte à côté de la grille et me fis annoncer par un garçon en veste de tweed, sans doute étudiant à la Sorbonne, qui se trompait dans les fiches du standard.

Dans la cour, des chauffeurs discutaient, près des voitures américaines rangées côte à côte. Je montai les degrés de pierre, empruntai un escalier de marbre le long duquel courait une rampe de fer forgé.

J'entrai dans un premier salon, puis un deuxième, guidé par le bruit lointain d'une machine à écrire. Les parquets en marqueterie craquaient sous mes pas. Les boiseries avaient des rechampis or. Les pièces étaient encombrées de classeurs en acier chromé, de tables portant des machines à écrire dans leur housse, de sièges à dossiers étroits : je me frayai un chemin à travers cette ferblanterie, renversai une corbeille à papier.

— Si Monseigneur l'évêque d'Autun voit cette profanation ! dis-je.

Assise à son bureau, Jessy rangeait des dossiers, ouvrait et fermait des tiroirs. Elle portait une robe bleu marine avec un col de piqué blanc. Il ne lui manquait qu'une paire de lunettes sur son joli nez.

— Remarque qu'il n'aurait pas été surpris de voir les Américains à Paris, dis-je. Il avait vu les cosaques camper sur les Champs-Élysées. Et d'ailleurs, il les aimait les Ricains ; il s'était réfugié chez eux pendant la Révolution.

— Bien sûr qu'il les aimait, dit Jessy. Tout le monde les aime... Attends-moi. J'ai deux lettres à faire signer et je reviens.

— Comment est Bartlett ? Est-il correct avec toi ? Est-ce qu'il ne te pelote pas trop ?

— Ne sois pas grossier.

— Mademoiselle, dis-je quand Jessy fut revenue et eut repris sa place derrière le bureau, je crois savoir que le Plan Marshall accorde des subventions à l'industrie française ? Je voudrais m'informer de la possibilité d'obtenir une aide pour mon entreprise.

— Quelle entreprise, monsieur ?

— Il s'agit d'une affaire privée. Une petite, toute petite affaire... Une affaire artisanale, en quelque sorte. De petits travaux pour lesquels il faut du papier, beaucoup de papier, de l'encre, un porte-plume.

— Remplissez ces fiches, monsieur.

— Puis-je espérer, mademoiselle... ?

— Espérez, espérez, monsieur... Et toi, gros chat, tu ne veux même pas m'embrasser.

— Mademoiselle, je m'étonne... Je suis surpris... C'est-à-dire que je ne m'attendais pas... Est-ce le moyen d'obtenir une aide ?

— Oui, monsieur. Il faut s'envoyer les secrétaires. Et maintenant, partons. J'ai envie d'un Martini. Je connais un bar, près d'ici.

Non loin de la place Maurice-Barrès, le Christie's était un bar anglais aux murs recouverts de boiseries sombres.

— Un Martini pour mademoiselle, dit le barman qui était venu prendre la commande. Très sec, ajouta-t-il en souriant.

— Tu as l'air connue ici, dis-je, après avoir commandé un whisky.

— Je viens souvent avec Malcolm, en sortant du bureau.

— Tu as dû faire des tas de connaissances pendant mon absence. Je vais avoir à te reconquérir.

— N'est-ce pas ce que tu voulais ? J'ai une surprise pour toi.

— J'ai déjà eu une surprise en rentrant hier soir, dis-je. Le locataire qui me sous-loue l'appartement est là. Il ne me met pas à la porte, c'est déjà quelque chose, mais je ne peux recevoir personne. J'espère qu'il ne va pas s'incruster. Et rue de Miromesnil ?

— Ma logeuse m'a interdit de recevoir des visiteurs, dit Jessy.

— Qu'allons-nous faire ?

— Nous trouverons une solution.

— Il n'y a que l'hôtel, c'est la seule solution.

— Je ne veux pas aller à l'hôtel. Nous trouverons autre chose.

— Mais quoi ? dis-je. Sale ville ! Sale époque ! On ne peut pas se loger comme on veut. C'est *vous* qui prenez les appartements et faites monter les prix. J'en ai marre de ce pays !

— Tu n'as pas l'air curieux de la surprise que je t'ai préparée. Est-ce que tu la mérites ?

La surprise était un concert donné à l'Opéra, le soir même, sous la direction de Furtwängler. Jessy avait obtenu les billets grâce à son poste au Plan Marshall, ce qui en augmentait la valeur à ses yeux. Je m'étais attendu à autre chose. Mais le concert attestait un effort vers l'art, la culture, qui méritait d'être encouragé.

Serrés l'un contre l'autre, dans une loge, nous regardions la salle qui se remplissait peu à peu.

— Quelle salle magnifique ! dit Jessy. Je n'en ai jamais vu d'aussi belle. Le Metropolitan, à côté, est minable. J'y allais souvent, quand je sortais à New York. J'y ai vu *Louise*. Je suis si heureuse d'être ici avec toi ! Tu connaissais l'Opéra ?

— ... Oui, dis-je. J'y suis venu avant la guerre, il me semble.

— Tu n'as pas l'air d'en être sûr.

— Je ne sais plus... A la réflexion, je crois que non. Je ne connais pas Paris, je te l'ai dit. C'est une ville que je déteste. On ne peut pas y vivre. Tu le vois bien : on ne peut pas s'y loger.

— Il faudra que nous venions entendre un opéra.

— Pas *Louise !* dis-je. Un opéra, il faut qu'il y ait de beaux décors, des costumes magnifiques, des chevaux sur la scène, des hommes en armure... Je ne conçois l'opéra que s'il met en scène des héros et des dieux.

— Dans *Louise*, il y a un très beau décor : Paris, vu des hauteurs de Montmartre. Et l'histoire est si émouvante. J'ai beaucoup pleuré.

— *Carmen*, voilà un opéra selon mon goût. Mais, je te préviens, quand je connais l'air, je le chante en même temps que les acteurs. Quelquefois, les voisins protestent.

— Je ne t'ai pas complimenté sur ta bonne mine. Cela te va bien d'être bronzé. Tu me plais toujours autant.

— Est-ce tout à fait comme au mois d'août ?

— Ne le sens-tu pas toi-même ?

— Moi, je n'ai rien eu d'autre à faire sur le bateau que penser à toi... Je rêvais à notre rencontre. Toi, tu as été très occupée. Comme tu es jolie ! Je suis encore surpris de voir combien tu es jolie. Mais pourquoi n'as-tu pas mis de plumes dans tes cheveux et dessiné tes tatouages ? Les gens ne peuvent pas voir que tu es une Natchez.

— Je suis Fleur de menthe sauvage, de la tribu des Cherokees.

Des applaudissements éclatèrent, saluant l'apparition du chef d'orchestre. Celui-ci monta au pupitre, fléchit les genoux et la queue de pie de son habit balaya le sol. Il éleva les bras au-dessus de la tête et eut l'air d'un pantin gigotant au bout d'une ficelle.

A l'entracte, nous nous promenâmes dans le foyer, au milieu de la foule.

— Viens, dit Jessy, se dirigeant vers un homme jeune, aux grands yeux noirs, qui se tenait près d'une colonne. Je vais te présenter Malcolm, mon camarade de bureau. Tu es tout de même venu, dit-elle, s'adressant à lui. Tu n'es pas déçu ?

— C'est-à-dire, dit Malcolm, que j'espérais assister à un chahut.

— Un chahut ? dis-je.

— On avait annoncé des protestations et des sifflets dans la salle. Une cabale... Furtwängler a dirigé des orchestres en Allemagne, au temps de Hitler.

— C'est un grand artiste ! s'écria Jessy. Sa

patrie, c'est la musique. Il ne pouvait pas s'arrêter de faire de la musique parce qu'il y avait les nazis.

— Sans compter qu'il y avait, parmi eux, d'excellents musiciens, dis-je.

— Tout le bureau est dans la salle, dit Malcolm. L'ambassadeur est là. Bartlett aussi.

— C'est curieux, dis-je, cette musique russe, jouée par un orchestre français sous la conduite d'un chef allemand, devant des Américains. Une conséquence heureuse de la guerre.

— Je me serais bien passé de Rachmaninov, dit Malcolm.

Il avait un air timide et effronté à la fois. C'était le sourire qui était effronté. Le regard aussi. A la réflexion, il n'avait pas l'air timide du tout.

— Comment est Jessy au bureau ? dis-je. Est-ce qu'elle travaille bien ?

— C'est la coqueluche du bureau. Tous les congressmen qui viennent nous voir veulent sortir avec elle. Voilà la sonnerie... Salut.

— Il n'a pas du tout l'air d'un pédéraste, dis-je à Jessy, comme nous regagnions notre loge.

— Ce n'est pas lui qui l'est. C'est Bartlett. Je m'étais trompée.

Le dernier morceau exécuté, le chef d'orchestre revint saluer après de nombreux rappels.

— Bravo ! Bravo ! criait Jessy en applaudissant.

— Viens, maintenant, dis-je.

— Bravo ! criait-elle sans m'entendre.

— Allons-nous-en. La salle est à moitié vide...

— Bravo !

— Calme-toi et partons.

— Bravo !

Je réussis à l'entraîner.

— Je prendrais bien un verre, dit Jessy quand nous nous trouvâmes sur le parvis du théâtre.

— Eau de feu dangereuse pour squaw cherokee.

— Squaw cherokee a très soif.

Nous nous assîmes à la terrasse d'un café L'air était frais, presque froid. Des étudiants américains, près de nous, commandèrent des quarts champagne, ce qui nous donna l'envie d'en faire autant. Dans la foule qui s'écoulait sur le trottoir, j'aperçus Sarah Melvin. Elle revenait sans doute du concert. Je détournai la tête pour ne pas être vu d'elle.

— Tu ne m'as pas raconté ta navigation, dit Jessy.

— La manœuvre sur un voilier, même petit comme le nôtre, est dure. En Corse, le vent tombe vers dix heures, le matin. S'il y a du vent, c'est un vent d'Ouest trop fort pour qu'on puisse naviguer.

— Alors, qu'est-ce qu'on fait ?

— On reste au port. Ou dans une crique.

— Que faisiez-vous dans la journée, si vous ne naviguiez pas ?

— On se baignait et on dormait. En mer, on dort tout le temps.

— Et les filles que vous ramassiez dans les ports, elles dormaient avec vous ?

— Pas de filles dans les ports. Les femmes corses sont farouches, les hommes jaloux. Les coups de fusil partent tout seuls.

— Tu as reçu des coups de fusil ?

— Des tas. Et des coups de poignard. Je te montrerai mes blessures.

— Tu me les montreras une autre fois. Ce soir, il faut que je me couche tôt. C'est le boulot !

— Est-ce qu'il faut vraiment que nous nous quittions ? dis-je quand nous fûmes devant l'immeuble qu'habitait Jessy. Tu pourrais raconter à ta logeuse que je suis ton mari. Que tu viens de te marier à l'américaine, chez un pasteur qu'on a fait lever de son lit, avec sa femme en bigoudis.

— Elle ne me croira pas.

— Dis-lui que je suis un clochard que tu as ramassé dans le métro. Comme dans *My man Godfrey*, as-tu vu *My man Godfrey... ?* Dis-lui que tu fais partie de l'Armée du Salut et que tu m'as recueilli pour sauver mon âme.

— Tu n'as pas l'air d'un clochard.

— Peut-être ta logeuse est-elle sourde ?

— Elle est seulement myope.

— Allons à l'hôtel.

— Sois raisonnable, Pierre.

Elle appuya sur le bouton qui ouvrait la porte cochère et je la suivis sous la voûte.

— Je te verrai demain ? dis-je.

— Pas demain. Après-demain. Demain, Malcolm donne un cocktail pour ses vingt-huit ans, je suis obligée d'y aller.

— Ne peux-tu te rendre libre plus tard ?

— C'est impossible.

J'embrassai Jessy.

— Ne commençons pas, dit-elle. Sois gentil. Tu vas me faire avoir une mauvaise réputation dans mon immeuble.

Je tirai la lourde porte et m'éloignai, déçu.

— Ton amie Nicole est très gentille, dit Jessy, quelques jours plus tard. Elle m'a accompagnée chez Jean Dessès et l'une de ses amies, qui est vendeuse, s'est occupée de moi. On m'a fait voir des robes, des manteaux... Il y avait des filles superbes. Tu aurais été fou, si tu les avais vues.

— As-tu acheté quelque chose ?

— Seulement une robe. Tu la verras bientôt. Tout est trop cher pour moi. Mais Nicole connaît une couturière qui exécute des modèles de grand couturier à des prix raisonnables. Je veux être élégante, sans cela tu ne voudras plus de moi. J'ai demandé à Nicole de m'accompagner, mais elle était fatiguée et a préféré rentrer chez elle.

— Elle est souvent fatiguée, depuis quelque temps. Cela inquiète ses amis.

Je téléphonai à Nicole pour prendre de ses nouvelles. Germaine était rentrée de vacances. Elle avait trouvé madame en moins bonne santé.

C'était ce procès de divorce qui traînait en longueur et la minait.

— Sortons tous les quatre, un soir, avec Amaury, dit Nicole. J'ai envie d'aller revoir *Ondine*. J'ai vu la pièce autrefois, chez Jouvet. Il y a une scène très belle : celle où le chevalier Hans s'étend sur la dalle du tombeau, pour mourir. C'est l'un de mes plus beaux souvenirs d'avant-guerre.

Le projet de théâtre réjouit Jessy. Elle étrennait pour la circonstance la robe de chez Jean Dessès.

— Tu es ravissante, lui dis-je à l'oreille quand nous fûmes assis à l'orchestre.

— C'est pour toi que je veux être belle... Que j'aime le théâtre ! dit-elle en regardant autour d'elle. Pourquoi dis-tu que tu ne l'aimes pas ?

— Je souffre quand les acteurs jouent mal. J'ai honte pour eux. Je voudrais disparaître sous mon fauteuil, quitter la salle. C'est très rare que je n'éprouve pas un sentiment de ce genre.

— Tu es trop difficile. Moi, je suis toujours contente. Je trouve les acteurs français très bons.

— La plupart d'entre eux jouent faux.

— Eh bien ! dit Jessy à l'entracte, comment trouves-tu Jouvet ? Est-ce qu'il joue « faux » lui aussi ?

— Lui, c'est la vérité du faux. Et puis, avec un tel texte, il ne peut pas être *vrai*, au sens où je l'entends. C'est un texte fait pour être récité, avec des mots à mettre entre guillemets.

— Je ne verrai pas la scène de la mort de

Hans, dit Nicole. Je ne me sens pas bien. Je vais rentrer.

— Je vous raccompagne, dit Amaury.

— C'est inutile, dit Nicole. Restez. Je vous *ordonne* de rester.

— Elle souffrait, je l'ai bien vu, dit Amaury à la sortie du théâtre. Elle s'est mise entre les mains d'un homéopathe. Pourquoi pas ? Il n'y a pas grand-chose à faire. Si ce n'est en couper encore un bout... Venez, mes agneaux, je vous invite à souper. Je connais un bistrot, près de la tour Saint-Jacques.

— Tu nous as déjà invités l'autre jour, dis-je. C'est mon tour.

— Non, non, c'est moi qui vous invite.

— Tu perds ton temps. Je ne me laisserai pas faire cette fois-ci.

— C'est moi qui connais le bistrot près de la tour Saint-Jacques.

— Il y a d'autres bistrots.

— Mais c'est dans celui-là que je veux aller.

— Avez-vous fini votre numéro ? dit Jessy.

— Vous verrez, c'est très amusant, dit Amaury. On voit la cuisine de la salle. On voit la fille de vaisselle. Comme dans la pièce : « Je suis la fille de vaisselle. Mon corps est laid, mon âme est belle... »

— ... « Mon corps est laid, mon âme est belle », répéta Jessy.

— Ah ! non, s'écria Amaury. Ces vers ne vous vont pas du tout.

— Vous voulez dire que c'est juste le contraire ? Que mon âme est laide ?

— Vous êtes Ondine.

— Au bureau, je suis confinée dans de basses besognes. Comme la fille de vaisselle... Pierre, c'est le chevalier Hans : un militaire à la retraite. Il a enlevé son armure.

— Elle me blesse encore un peu aux entournures, dis-je.

— C'est ravissant cette pièce, dit Amaury. C'est fleuri. C'est l'Allemagne baroque et romantique ; les toits pointus ; les sirènes et les ondins...

— C'est vrai que tu es une ondine, dis-je. Je l'ai bien vu quand tu nageais avec tes compagnes dans la piscine de ton collège.

— Non, non ! Je suis « la fille de vaisselle ».

— Je prends des coquilles Saint-Jacques, dit Amaury. Pour rester dans l'élément liquide.

Un soir, j'allai chercher Jessy à son bureau.

— Tu es en retard, dit-elle. Fichons le camp d'ici en vitesse. Bartlett a été odieux toute la journée. Sais-tu qui j'ai vu ce matin ? Joan Bennett. Tu ne la connais pas ? C'est une actrice de cinéma célèbre.

— Une grosse, sur le retour ?

— Elle a une poitrine superbe. Elle m'a invitée à prendre un verre à son hôtel. Elle a un mari beaucoup plus jeune qu'elle. C'est son quatrième mari.

— Qu'est-ce qu'il y a d'admirable à cela ?

— Quatre maris, il faut les trouver !

— Toute cette publicité faite autour des actrices de cinéma, c'est indécent. Tous ces magazines pleins de pin up !

— Dis-moi que tu n'aimes pas les pin up !

— Je n'aime pas les acteurs. Il faut être qui l'on est.

— Peut-être le sait-on en étant acteur ?

En incarnant des personnages différents, on n'était jamais soi. Comme si l'on changeait de nationalité. Les voyageurs et les acteurs étaient pareils. Changer de pays, c'était changer de rôle. Tout le monde n'était-il pas un peu acteur ? Est-ce que tout le monde ne mentait pas, à soi-même et aux autres ? Bien sûr que oui. L'amour, c'était l'illusion de n'avoir pas à mentir, d'être soi-même. Alors, c'était une épreuve ? Bien sûr que oui. Comme la guerre. C'était ce qu'on appelait une conversation sérieuse. Les conversations sérieuses donnaient soif. Elle reprendrait bien un autre Martini. Avec une olive. Ou plutôt, des petits oignons confits.

— Ce soir, dis-je, tu vas être très gentille. Tu vas m'accompagner dans un hôtel.

— Il n'en est pas question, dit-elle vivement.

— Mais pourquoi ? Le locataire m'annonce tous les jours son départ, mais il est encore là. Comment veux-tu que nous nous voyions ? Tu es bien venue à Fontainebleau.

— C'est en dehors de la ville.

— Mais tu ne connais personne à Paris ! Que crains-tu ? A quelle règle obéis-tu ? Quel code absurde ? Toutes ces nuits qui sont perdues pour le bonheur !

Mais un soir, Jessy dit :

— Demain, dimanche, ma logeuse sera abscnte l'après-midi. Viens tôt, vers une heure.

J'avais près d'une heure de retard quand je sonnai à l'appartement.

Jessy vint m'ouvrir dans une robe de chambre de dentelle, sous laquelle elle était nue.

— Pourquoi es-tu si tard ? dit-elle. Et si j'étais partie ? Si je ne t'avais pas attendu ?

— Pardonne-moi, dis-je.

— Tu ne t'occupes pas assez de moi. Tu me laisses seule trop souvent.

— C'est vrai. Mais tu sais pourquoi je n'ai pas le goût de t'accompagner dans des cocktails, si c'est à cela que tu fais allusion. Je préfère ignorer cet aspect de ta vie, qui m'échappe. Ne pas connaître les gens qui t'entourent... C'est un peu lâche, je l'admets.

— Et si je fais des bêtises, qui m'aidera ?

Jessy m'entraîna vers la chambre. Je vis le lit défait où elle était couchée quand j'avais sonné, où elle m'avait attendu, prête pour l'amour.

— Je te donne beaucoup de moi, dit Jessy.

— Je le sais, ma chérie.

— Non, tu ne le sais pas vraiment. J'ai besoin de toi. Pourquoi es-tu parti en septembre ?

— C'est toi-même qui m'as dit de partir.

— Il ne fallait pas m'écouter. Parfois, je me sens entraînée, comme malgré moi. Je ne sais pas ce dont je suis capable. Il y a en moi quelque chose de mauvais.

— Tu es le « mouton noir » qui a perdu son chemin ?

— Ne ris pas. Je sais que ce que je fais est mal, et ne peux m'empêcher de le faire.

— Que fais-tu de mal ? S'est-il passé quelque chose pendant mon absence ?

— Je sens comme un danger. Je ne suis pas sûre de moi.

— Personne n'est sûr de soi. On est toujours déçu par soi-même. Il faudrait n'avoir plus une seule illusion et l'on ne peut vivre sans illusions.

— Toi, tu n'en as plus beaucoup... C'est cela que je trouve triste.

— Je t'aime. Ce n'est pas une illusion.

— Alors, serre-moi fort. J'aime que tu sois fort. Écrase-moi. Oh ! Peter ! je t'aime, je t'aime tant... Pourquoi étais-tu en retard, je ne peux le comprendre. Tu savais que je t'attendais.

— Il y a une volupté à prolonger l'attente. De te savoir enfermée ici, et m'attendant...

— Tu es un peu salaud ! Il faut que tu partes, maintenant. Ma logeuse ne va pas tarder à rentrer.

— Où nous retrouvons-nous ?

— Pas ce soir, Peter. Ce soir, je suis prise.

— Encore ! Mais tu es tout le temps prise, à présent. Tu l'étais déjà hier...

— Tu tiens le compte de mes sorties ? Sois raisonnable. Tu m'as eue tout l'après-midi. Je suis bien obligée de voir mes camarades de bureau. Ils me reprochent assez de les négliger.

— Bartlett ? Malcolm ?

— Ni l'un ni l'autre, dit-elle en riant. Un troisième larron... Il me tanne pour m'emmener faire un tour en avion. Il est pilote.

— Tu ne vas pas faire un tour en avion cette nuit !

— Non, bien sûr. Ce soir, il m'a demandé de dîner avec un écrivain américain, un ami à lui et sa femme : je ne pouvais pas refuser. Mais ne sois pas jaloux.

— Je ne suis pas jaloux, dis-je.

Dès cinq heures, parfois plus tôt, je rôdais dans le quartier de la Concorde avant d'aller chercher Jessy à son bureau. Je regardais les vitrines de la rue Royale, tournais dans la rue Saint-Honoré, puis dans l'une des rues transversales, stationnais sous les arcades de la rue de Rivoli. Si le temps était doux, j'arpentais les allées et les terrasses des Tuileries. Parfois, Jessy avait reçu une invitation de dernière heure en l'honneur d'un hôte de passage, acteur célèbre ou congressman en tournée. Elle m'invitait à l'accompagner à ces réceptions où elle rencontrait des membres de la société américaine, des diplomates, des étudiants, quelques Français aussi, journalistes pour la plupart, dont elle me citait les noms, déçue que je n'en connaisse aucun. Je déclinais presque toujours ces invitations. Je pouvais de nouveau recevoir Jessy rue d'Alésia. Elle venait m'y rejoindre, si le cocktail ou le dîner ne s'était pas terminé trop tard.

— Malcolm veut m'emmener au concert, dit-elle un soir. Veux-tu nous accompagner ? Malcolm est excellent musicien. Je l'ai entendu jouer du Chopin. Il a étudié à l'école de musique de Yale, avec Hindemith.

— Où l'as-tu entendu jouer ?

— ... Chez des gens, au cours d'une soirée.

— Je trouve Malcolm séduisant.

— Ce n'est pas mon type. Il n'a pas un gros nez comme le tien.

— Tu parles souvent de lui, depuis quelque temps.

— Je le vois tous les jours, c'est bien normal.

Une autre fois, Jessy dit :

— Malcolm a beaucoup de disques. Il dépense tout son argent à en acheter. Il veut m'offrir un tourne-disque pour que je puisse écouter de la musique chez moi et il me prêtera des disques. N'est-ce pas gentil ?

— Mais tu n'es jamais chez toi !

Il y avait Malcolm. Il y avait aussi l'homme qui voulait emmener Jessy en avion, le dimanche, et que nous appelions entre nous « l'aviateur ». Il y avait Paul, jeune Français qui avait une situation d'avenir à l'E.D.F. : il avait invite Jessy dans sa famille.

Un soir, je devais retrouver Jessica dans un bar, face à l'église Saint-Germain-des-Prés. J'étais en avance. Je poussai la porte du bar, constatai que Jessy n'était pas dans la salle et ressortis. Un brouillard glacé estompait la masse de l'ancienne abbaye et les maisons fermant la rue.

Je marchais de long en large sur le trottoir, passais et repassais devant le commissariat de police où, par la porte ouverte, je voyais un clochard assis derrière une grille de fer, comme dans un western. Arrivé à l'angle de l'immeuble au coin de la place Furstenberg, au lieu de faire demi-tour comme je le faisais depuis cinq minutes, je continuai ma promenade pour contempler la place, ses quatre arbres squelettiques, son lampadaire dont les boules lumineuses perçaient le brouillard. Dans l'ombre de l'immeuble, je vis un couple enlacé. Je me détournai, revins vers le bar. Je marchais courbé, le poing au creux de l'estomac, comme un boxeur sonné.

Jessica me rejoignit. Je m'effaçai pour la laisser entrer.

— Pourquoi m'as-tu attendue dehors ? dit-elle. C'était absurde, par ce froid !

— Oui, dis-je. Je suis transi.

Nous attendîmes en silence d'être servis.

— Je sais ce que tu penses, dit Jessica. Eh bien ! tu as tort.

Sa lèvre formait une moue que je ne lui avais jamais vue.

— Je suis désolé de t'avoir surprise, dis-je.

— Je ne faisais rien de mal. Rien dont j'aie à rougir.

— Tu étais tout simplement en train d'embrasser un homme.

— C'était lui qui m'embrassait.

— Qui est-ce ? Ce n'est pas Malcolm ?

— C'est un étudiant de Princeton qui a un job rue Saint-Florentin. Il part pour Rome, ce soir même. Il voulait dîner avec moi. Naturellement, je lui ai dit non.

— Je te remercie de m'avoir donné la préférence.

— Je lui ai permis de m'accompagner jusqu'ici. Je n'arrivais pas à m'en débarrasser. Je vois que tu ne me crois pas.

— Si, je te crois. Vraiment, je te crois.

— Ce garçon n'est rien pour moi. C'est un copain. Il n'est pas le seul à me faire la cour.

— Je m'en doute.

— Je ne demanderais pas mieux que de te faire rencontrer mes amis. Tu ne le veux jamais... Que puis-je dire pour que tu me croies ? S'il y avait quelque chose de sérieux entre moi et ce type, je n'aurais pas été assez sotte pour l'amener ici, à deux pas de l'endroit où nous devions nous retrouver.

— Je te crois, dis-je.

— Je t'aime beaucoup, dit Jessy comme nous sortions du restaurant où nous avions dîné. Tu serais si charmant si tu n'étais pas jaloux. Mais, après tout, je peux te comprendre. Je vois trop de gens. Il faut que je change... Rentrons vite. J'ai hâte de t'entendre dire ton nom devant la loge du concierge. Quelle coutume barbare ! C'est cela la liberté ?

— Ne fais pas de bruit en passant devant la loge, dis-je.

— Tu as tout de même le droit d'emmener quelqu'un chez toi !

— La concierge me fait la tête. Elle veille sur ma vertu.

— Elle est amoureuse de toi.

— Elle s'occupe de mon linge, fait des courses pour moi dans le quartier. Elle pense qu'elle a le droit de surveiller ma vie privée.

— Tu sais, dit Jessy quand nous fûmes en présence des lions et que j'eus allumé le radiateur à gaz qui chauffait la pièce, je crois que je suis incorrigible. J'aime qu'on me fasse la cour. Quand j'avais quinze ans, il fallait que je sorte tous les soirs. Mes amies en faisaient autant, mais j'étais la plus enragée.

— Que faisiez-vous ?

— On allait au cinéma. Ou bien danser, au Boat Club.

— Vous buviez ?

— Un peu, en cachette.

— Et après ?

— Comment, après ?

— Comment se terminait la soirée ?

— Le garçon me raccompagnait et l'on s'embrassait avant de se quitter.

— Comme le garçon qui part pour Rome ?

— Oh ! Pierre, si nous quittions Paris ? Allons dans un endroit où je ne connaîtrai personne. Ici, je connais déjà trop de gens.

— Mais tu feras vite la connaissance d'autres gens.

— Tu seras toujours entre eux et moi. Tu me tiendras enfermée. Partons tout de suite après Noël. Allons en Espagne. Ou bien, au Maroc. Je resterai sur la plage toute la journée, au soleil, je prendrai des bains de mer et, la nuit, nous ferons l'amour.

— Le Maroc est loin, dis-je. Le voyage coûtera cher et je n'ai plus beaucoup de dollars.

— Moi, j'aurai de l'argent. Je peux en emprunter au bureau, sur mon salaire.

— Allons sur la Côte d'Azur. J'aimerais te faire connaître ce pays que j'aime. Nous irons dans la montagne. C'est là où je veux te mener.

Jessy était pelotonnée sur le lit et me regardait, les yeux mi-clos. Je me couchai près d'elle.

— Tu es un gros chat, dit-elle.

— Tu aimes avoir beaucoup de gros chats autour de toi.

— Non. Seulement toi... Oh! dit-elle, j'ai une grande nouvelle pour toi. Je vais me faire couper les cheveux. Tu veux bien?

— Tu seras charmante, les cheveux coupés. Tu auras l'air d'un jeune garçon.

— Et toi, vieux pédéraste, cela te plaira! Je sais que si je veux continuer à te plaire, je dois me transformer de temps en temps. Demain, j'aurai mon manteau neuf. Il est très ample, avec un grand col roulé, comme on les fait cet hiver. Si ma famille me voyait, je me demande la tête qu'ils feraient tous!... C'est décidé. Je vais prendre rendez-vous pour samedi, chez le coiffeur. Joan Bennett m'a donné l'adresse de son coiffeur, l'un des meilleurs de Paris. Et, demain, je vais faire les antiquaires et acheter une boîte à cigares pour mon père, comme cadeau de Noël. Je lui dois bien cela, le pauvre. Je serai libre jusqu'à quatre heures. Tu m'accompagneras.

Nous étions couchés et Jessy reposait, la tête sur ma poitrine. A intervalles réguliers, le métro qui passait sous la rue faisait entendre son grondement sourd. J'entendais les pas des promeneurs résonner sur les trottoirs.

— J'aimerais que tu me lises quelque chose, dit Jessy. Je ne lis plus jamais rien. J'ai honte de moi. Lis-moi une nouvelle de Henry James, dit-elle en prenant un livre sur la chaise qui servait de table de nuit. J'aime tant quand tu lis l'anglais avec ton accent français.

— Je n'ai pas l'accent français !

— Tu as l'accent des hillbillies qui vivent dans les montagnes du Kentucky. Tu parles l'anglais de Shakespeare. Attends, je m'installe confortablement.

Elle se serra contre moi, mit la tête contre mon cou, un bras passé autour de ma poitrine, l'autre entre ses cuisses.

Je commençais :

— *At the little town of Vevey, in Switzerland, there is a particularly comfortable hotel. There are, indeed, many hotels ; for the entertainment of tourists is the business of the place, which, as many travellers will remember, is seated upon the edge of a remarkably blue lake — a lake that it behooves every tourist to visit. The shore of the lake...*

Je lus quelques minutes et m'aperçus que Jessy s'était endormie. Son souffle régulier effleurait ma poitrine. Elle reposait et je la tenais contre moi, comme si elle avait été mon enfant. Je posai le livre par terre, éteignis la lampe de chevet et restai longtemps étendu sans faire un mouvement, les yeux ouverts dans le noir.

Jessy arborait son manteau neuf, quand je la retrouvai pour le déjeuner.

— Ce manteau est très pratique, dit-elle. Il a beaucoup de tour et il est si long qu'il couvre entièrement mes ailes.

— Le bout dépasse un peu. Ainsi, tu es un ange ?

— Tu le sais bien.

— Qu'est-ce que tu es encore ?

— « Je suis la fille de vaisselle, Mon corps est laid, mon âme est belle... »

Après le déjeuner, nous prîmes la rue Bonaparte, puis la rue Jacob, nous arrêtant devant chaque boutique d'antiquaire.

— As-tu remarqué la vogue du style colonial américain ? dis-je. Les Français ne sont pas même conscients de ce que cela signifie. Quel aveu d'impuissance ! Nous ne trouvons plus rien par nous-mêmes. C'est le Plan Marshall sur toute la ligne.

— Ne dis pas de mal du Plan Marshall, il te fournit ta petite amie. Oh ! dit Jessy, le nez contre la vitre d'une devanture, je veux cette tasse. A la maison, j'ai commencé une collection de tasses anciennes. Crois-tu qu'elle soit chère ?

Elle acheta la tasse et un petit chien en faïence anglaise qui avait l'air triste et qu'elle baptisa Bartlett.

J'enfouis ces trésors dans les poches de mon imperméable et nous continuâmes notre course.

— C'est ici, dit-elle. C'est l'adresse qui m'a été donnée pour les boîtes à cigares.

— Qui t'a donné cette adresse ?

— Malcolm. Il passe son temps chez les antiquaires. Et il va souvent aux Puces. Il a beaucoup de flair.

— Que ferais-tu sans Malcolm !

Jessy hésita entre une boîte romantique dont le couvercle s'ornait d'un paysage aux couleurs vives et une boîte Second Empire en laque noire incrustée de motifs de nacre et de cuivre, qui jouait l'air du *Bourgeois Gentilhomme* sur un rythme de valse musette. Elle choisit la boîte en laque noire. Nous sortîmes en chantonnant l'air de Lulli.

Le temps s'était refroidi ; le vent, qui venait de la Seine, soufflait aux carrefours des rues.

— Emporte la boîte chez toi, dit Jessy, comme cela nous pourrons en jouir avant que je l'expédie. Tu vas être furieux, ajouta-t-elle : ce soir, je ne suis pas libre. Bartlett m'a demandé de l'aider à recevoir des amis de passage ; je ne peux pas refuser.

— Pourquoi ne m'as-tu pas dit cela plus tôt ? Quand te verrai-je ? Demain ?

— Téléphone-moi demain vers trois heures.

— Ne bois pas trop.

— Non, grand-père.

Je me retrouvai seul, le paquet encombrant sous le bras. J'entrai dans un café pour téléphoner à Nicole et me faire inviter à dîner.

— Comment va Jessy ? dit Nicole, quand je la retrouvai chez elle.

— Elle s'amuse. Elle est souvent prise. J'en souffre.

— Il ne faut pas lui laisser voir que vous tenez trop à elle. Éloignez-vous. C'est elle qui reviendra.

— Elle me prévient au dernier moment, de sorte que je suis souvent seul. J'aime autant cela, d'ailleurs. Je n'ai envie de voir personne... Je préfère me garder libre, pour la voir le plus souvent possible.

— Vous vous entendez toujours bien ?

— De mieux en mieux ! Je la satisfais entièrement, je n'ai aucun doute là-dessus.

— Mon cher, s'écria Nicole en éclatant de rire, une femme, plus elle fait ce que vous pensez, plus elle a envie de le faire ! Nous avons des possibilités que vous ne soupçonnez pas. Êtes-vous heureux ?

— Autant que je puis l'être.

— Vous ne travaillez pas ?

— Un peu, le matin. Je n'ai guère le cœur à l'ouvrage... Une épreuve est devenue nécessaire. J'en ai assez de ces sorties, de ces petits mensonges ; elle m'échappe ; il faut que je la reprenne en main.

— Faites voir cette boîte à cigares, dit Nicole.

Elle défit le paquet, posa l'objet sur la cheminée.

— Quelle horreur ! s'écria-t-elle. On dirait une cave à liqueurs. Voilà ce qu'elles achètent ! C'est pour trouver cela qu'elles sont venues ?

— Cela et autre chose. Elles trouvent tout, l'ironie, un certain cynisme : ce qui donne de la vérité aux sentiments. Une certaine égalité des sexes, qui les empêche de se croire tout permis. Elles ne sont pas déifiées, comme dans leur pays. Elles partagent nos avantages, nos risques. Il faut donc qu'elles apprennent à faire des sacrifices.

— Qu'avez-vous décidé ?

— Jessy doit changer ses habitudes, puisque j'en souffre. J'ai peut-être tort d'en souffrir, mais je n'y peux rien. Je vais prendre le risque d'une rupture.

— Un chantage ?

— Si l'on veut. Je vais lui mettre le marché en main : ou elle change, ou nous ne nous voyons plus.

— Elle changera. Elle tient à vous plus que vous ne vous en doutez.

— Et vous Nicole ? Qu'allez-vous devenir ?

— Je m'y suis prise trop tard, dit Nicole. Tout ce pour quoi j'ai lutté : ma liberté, ma dignité, je n'en jouirai pas. J'arrive au but épuisée. Avez-vous vu Olivier récemment ?

— Pas depuis la navigation, dis-je. Celle-ci ne s'est pas très bien passée : Olivier était nerveux ; moi aussi... Il a fait très chaud, orageux : nous étions fatigués l'un comme l'autre.

— Que diriez-vous, si vous étiez comme moi, avec ce danger d'une crise suspendue au-dessus de la tête. Je me considère comme en sursis. C'est cela aussi qui m'a ôté mon courage. Je vais céder, reprendre Olivier.

Marchant le long du boulevard Raspail, en direction du métro, je composais dans ma tête une lettre à Jessy : « *Pardonne-moi la peine que je vais te faire...* » ; « *Je ne te vois plus, ma chérie, est-il donc possible de continuer ?...* » « *Je te vois de moins en moins et j'en souffre... Il faut en sortir...* »

Un pneumatique de Sarah Melvin m'attendait rue d'Alésia. Elle me demandait de passer la prendre à son hôtel, le lendemain, pour déjeuner dans le quartier.

Je fus surpris quand le concierge, après avoir prévenu de mon arrivée, déclara :

— Mademoiselle vous prie de monter. Chambre quinze, cinquième étage.

Sarah Melvin m'attendait sur le palier.

— Installez-vous, dit-elle. Le fauteuil est branlant mais on peut s'y asseoir. Voulez-vous que je fasse monter à boire ? Non... D'ailleurs, nous n'allons pas rester.

Sarah Melvin s'allongea sur le lit. Elle éleva les bras au-dessus de sa tête et je vis ses aisselles rasées et la naissance des seins par l'échancrure de la robe en lainage noir. Son parfum emplissait la pièce.

— J'ai rencontré quelqu'un qui m'a parlé de vous, dit Sarah Melvin. Un ami à vous. Il vous connaît depuis longtemps.

— Olivier.

— Comment avez-vous deviné ? Il parle de vous avec beaucoup d'amitié.

— Vous voulez dire qu'il vous a énuméré mes

défauts. Il a eu le temps de les étudier, au cours de notre navigation. C'est redoutable, le bateau. Même pour des amis intimes. Et d'ailleurs, deux amis quand ils parlent l'un de l'autre, c'est d'abord pour souligner leurs défauts... Je l'ai beaucoup admiré. Il avait à mes yeux tant de prestige ! J'enviais ses succès.

— Vous aimiez sa femme.

— Je l'enviais d'avoir une femme si belle, de beaux enfants... Il s'est montré très dur pour Nicole. Je crois que je lui en veux. Au fond, il est normal que vous ayez rencontré Olivier. J'aurais dû m'y attendre. Et il est normal qu'il vous plaise et que vous lui plaisiez.

Je m'étais levé. Sarah Melvin se tenait devant moi, presque collée à moi, la tête levée. Je voyais les frisures de ses cheveux, les épaules rondes, luisantes, encore bronzées de l'été, les lèvres charnues. Je me penchai pour l'embrasser. Elle détourna la tête, sans rompre d'un pas. Je la pris aux épaules, cherchai ses lèvres.

— Pierre ! dit-elle d'un ton d'incrédulité et de moquerie. Est-ce parce que votre ami Olivier s'intéresse à moi, que vous vous y intéressez soudain ? Et votre amie américaine ? Que dirait-elle ?

— Je vous attends en bas, dis-je.

Sarah Melvin me rejoignit sur le trottoir.

— Pourquoi faites-vous cette tête ? dit-elle. Ce n'est pas bien grave.

— Tout est grave. Si l'on croit au sérieux de la vie et des sentiments, tout est grave.

— Et vous vivez dans cette gravité ?

— Non, mais je ne m'en estime guère.

— Vous êtes donc vraiment amoureux. Vous allez m'en vouloir d'avoir été l'occasion d'un geste frivole. Et vous ne voudrez plus me revoir.

— En tout cas, pas dans votre chambre.

— J'ai eu tort, je le reconnais. Si vous voulez, nous pouvons nous quitter.

— Je ne m'en veux pas à ce point. Mais si nos attachements sont brefs, il faut au moins qu'ils soient forts.

Je quittai Sarah Melvin après le déjeuner. J'errai dans les rues, attendant l'heure d'appeler Jessy à son bureau.

— Ma chérie, j'avais hâte de t'entendre, dis-je au téléphone... Tu me manques, tu me manques beaucoup. Je voudrais te voir tout de suite... J'ai *besoin* de te voir. Ne peux-tu t'absenter un quart d'heure de ton bureau ? Pas maintenant ?... Ce que j'ai ? J'ai que j'ai envie de toi. On ne se voit pas assez ; on ne se voit plus... Il faut que cela change. Je me fais des reproches. Il n'y a que toi. Tu es toute ma vie...

— Je vais encore te décevoir, dit Jessy. Je suis ennuyée, mais, ce soir, je ne suis pas libre.

— Ton copain qui est revenu de Rome ?

— Je ne peux pas t'expliquer maintenant, dit-elle. Il y a plein de monde dans mon bureau. C'est très important pour moi.

J'insistai à peine. La « lettre de rupture » était dans ma poche. Je la jetai dans la première boîte venue.

Le lendemain était un samedi. Quand, à dix heures du matin, j'entendis sonner à ma porte, je sus que j'avais gagné.

Jessy était sur le seuil, le visage à moitié caché par le col de son manteau gris, le manteau qui couvrait ses ailes. J'ouvris les bras ; elle s'y jeta. Elle fit entendre des sanglots brefs, comme les couinements d'un animal blessé.

— Pourquoi ? Pourquoi as-tu fait cela ? dit-elle, quand elle fut calmée. Tu n'avais aucune raison de faire cela... C'est une méchanceté de ta part. Ne le fais jamais plus.

— Ma chérie, j'ai eu si peur.

— Tu as eu peur que je ne vienne pas ?

— Je n'ai pas vécu, hier, tellement j'étais angoissé. J'espérais que tu aurais mon pneu hier soir ; que tu viendrais immédiatement ; ou dans la nuit.

— Je ne l'ai trouvé qu'en rentrant, vers trois heures du matin. J'ai failli venir, mais j'étais si fatiguée.

— Tu es là, Je suis heureux.

— Je ne peux comprendre pourquoi tu as écrit cette lettre. La pensée de te perdre m'est insupportable.

— Alors, tu dois faire un effort. Tu dois changer.

— Pourquoi ? Je ne fais rien de mal.

— Parce que je te le demande.

Je la fis entrer dans la chambre, l'aidai à se dévêtir.

— Je ne peux imaginer de vivre à Paris et ne pas te voir.

— Pourtant, cela arrivera bientôt. Dans deux mois, je vais repartir.

— Que vais-je devenir? Pourquoi ne pouvons-nous nous aimer toujours, vivre ensemble toute notre vie ?

— Nous ne le souhaitons pas vraiment.

— C'est cela qui est triste.

— Peut-être n'est-ce pas notre faute ? Peut-être est-ce la faute de l'époque ?

— Peut-être cela aurait été possible, si tu avais été américain ?

— Si j'avais été le général Marshall.

— Mais alors tu aurais été tout différent de l'homme que tu es et c'est celui-là que j'aime.

— Il manque autour de nous une société. Et c'est seulement dans une société que le mariage a un sens... Cessons de nous poser ces questions ! Je me reproche de ne pas t'avoir fait connaître plus de gens. C'est que je n'en connais pas beaucoup moi-même. Je préfère être seul avec toi, je jouis mieux de toi.

— Je te fais un peu honte.

— Non, bien sûr ! D'ailleurs, comment ne pas avoir honte en public de la femme qu'on aime. Honte n'est pas le mot... C'est plutôt un sentiment d'inquiétude, de gêne. De pitié aussi. Ce qui est sans signification pour les autres — des mots, des attitudes, parfois seulement des intonations — en a, pour soi, de terribles ! On la voit qui abandonne ses défenses et se laisse démasquer. On voudrait la protéger, la mettre en garde... Ce sont les Arabes qui ont raison : ils cachent leur femme et l'enferment à double tour. Ou alors, faire comme le roi Candaule.

— Que fait le roi Candaule ?

— Il donne à Gigès, son ami, un anneau qui lui permet d'entrer chez sa femme, sans être vu. Il la trouve si belle, qu'il veut faire partager à un autre son admiration. Mais ce n'est pas la vraie raison : la vraie raison, c'est que Candaule sait qu'il ne pourra pas toujours soustraire sa femme aux regards. Il va au-devant de ce qu'il ne peut empêcher.

— C'est un malade, ton Candaule.

— A New York, il irait toutes les semaines voir son médecin autrichien ou allemand qui le ferait allonger sur un divan... Toi, tu es un bel animal social. Tu t'épanouis au contact des gens.

— Mais j'aime aussi être seule avec toi ! Je ne m'ennuie jamais avec toi !

— Tu finirais par t'ennuyer... Vivre à deux oblige à toujours tout remettre en question. A inventer sans cesse. Tout : le langage, les distractions, les caresses même... C'est épuisant.

— Nous allons partir, et nous serons seuls tous les deux.

— Il faut aussi voyager, varier de décor...

— Promets-moi de ne plus me faire peur, comme tu l'as fait. Et si je n'étais pas venue ?

— J'aurais souffert, mais j'avais pris l'initiative.

— Eh bien ! Tu as gagné. Mais n'abuse pas de ta victoire. Je vais demander dix jours de vacances d'hiver. Bartlett me les a promis. Allons au Maroc. Ou en Espagne.

— Il y a de la neige en Espagne, en cette saison de l'année. Allons sur la Côte d'Azur ; il y fait beau ; nous aurons du soleil. Je veux revoir avec toi ce pays où j'ai été heureux.

Le soir, je dînai chez Mrs Fiori-Wood. Pamela Fiori-Wood était une riche Américaine qui habitait aux États-Unis près du collège de Mount-Villiers, dans le Connecticut. Elle avait à Paris un hôtel particulier, rue de Varenne. Mes négligences, mes impolitesses ne l'avaient pas rebutée et elle m'invitait de temps à autre à ses réceptions. Elle aimait à mettre en présence artistes, écrivains et mondains, à l'occasion d'une exposition, d'un concert, de la publication d'un livre. C'était sa façon à elle de « faire le bien ». Ce soir-là, elle produisait son grand homme, l'écrivain américain Thomas Peabody, de passage à Paris.

— Vous êtes seul ? dit Mrs Fiori-Wood en triturant son collier de perles. Et cette jeune Américaine que vous deviez m'amener ? Il y a une autre Américaine, ici, ce soir. Une jeune femme aux grands yeux sombres, superbes. Vous devez vous occuper d'elle ; elle parle mal le français et semble un peu perdue. La voici.

C'était Sarah Melvin.

— Bravo, dis-je à Sarah. Vous faites vite votre chemin dans le noble faubourg. Pamela va vous lancer.

— Car j'ai besoin d'être « lancée », comme une marque de petits pois ?

— Cela ne peut pas vous faire de mal d'être vue aux soirées de Pamela Fiori-Wood.

— Et à vous, cela ne peut pas non plus faire de mal.

— Moi, je m'en moque ! dis-je. J'ai failli me décommander. Vous qui aimez les gens « intéressants », vous allez en trouver ici à la pelle : des peintres, des musiciens. Pamela a un flair infaillible pour ce qui est dans le vent.

— Vous êtes bien agressif, dit Sarah Melvin. Est-ce d'être amoureux qui vous rend désagréable ?

— C'est de voir tant de snobs réunis.

— Est-ce pour préserver du snobisme votre petite amie, que vous ne l'avez pas amenée ? Notre hôtesse me l'avait annoncée.

— Ma « petite amie » est bien là où elle est.

J'avais fait inviter Jessy mais, au dernier moment, le cœur de me montrer avec elle en public m'avait manqué. Et Jessy, ivre de soumission, avait accepté de rentrer seule rue d'Alésia et d'y attendre mon retour.

Vers onze heures du soir, dans le salon de Pamela Fiori-Wood, buvant à petites gorgées mon whisky, je jouissais de savoir Jessy chez moi, sans doute couchée et endormie. Je pérorais, lorgnais les jolies femmes, il y en avait toujours chez cette vieille mère maquerelle des arts, cette vieille égérie, fameux ton whisky chère égérie, ton dîner, pas mal du tout, pas mal du tout ton bœuf Strogonoff, ton Dubuffet, pas mal du tout, et tes seins, ma petite, ta jolie paire de seins, toi oui, toi à qui je parle, jeune égérie, pas mal du tout, et mon bien si précieux, caché, sous clef, à double tour, dans un quartier où tu n'as jamais mis les pieds, ma petite, au coin d'une rue à la Quizet, tu connais ? Tendre bien, chère, chère Jessy, qu'est-ce que je fais ici, alors que je devrais te prendre dans mes bras, à ce moment même, ici même, sous les yeux des égéries, pour leur montrer à ces snobs, ces égéries...

Comme un groupe d'invités sortait, quelqu'un proposa d'aller dans une boîte de nuit. L'idée, absurde, fut adoptée d'enthousiasme.

— Vous venez, Pierre ? dit la jolie paire de seins.

— Je rentre.

— Venez. Vous êtes en vacances. Vous pouvez dormir demain.

— C'est pour vous, dis-je.

— Je l'espère bien, dit l'égérie.

Je rentrai à quatre heures du matin. Je trouvai Jessy dans la pose où le sommeil l'avait surprise, la bouche entrouverte, à la main le livre de nouvelles de Henry James. Elle se retourna dans le lit, ouvrit les yeux.

— C'est toi ? dit-elle.

— J'ai cru que tu ne dormais pas, quand j'ai vu de la lumière.

— Est-ce qu'il est tard ? Je me suis endormie tout de suite.

— Tu étais charmante. Je t'ai regardée longtemps, comme un avare qui retrouve son trésor. Tu es mon trésor... Peut-être jouit-on encore mieux d'un trésor, sans y toucher ? D'une manière abstraite et comme stérile... On le possède mieux.

— Que dis-tu ? Viens vite près de moi. Je rêvais.

— De quoi rêvais-tu ?

— Je ne sais plus.

— Tu m'échappais encore dans ton rêve. On ne peut jamais connaître quelqu'un tout à fait... Et si l'on ne peut pas *tout* savoir d'un être, autant se résigner à ne rien savoir, n'est-ce pas ?

— Pourquoi parles-tu autant ? Viens vite, dit Jessy.

Tous les soirs qui suivirent, nous nous retrouvions.

— Plus de cocktails ? Plus de réceptions ? dis-je.

— Je refuse tout. Je ne veux pas te faire encore de la peine.

— Mais, quand je serai parti, tu seras heureuse de retrouver des amis. Il ne faut pas les laisser tomber. Je peux très bien comprendre que, de temps en temps...

— C'est toi qui te plaignais ! Tu ne sais pas ce que tu veux.

— Ma foi ! dis-je, c'est peut-être vrai. Je voulais de grandes choses et comme je ne les ai pas obtenues, je me contente de petites, qui sont à ma portée. Mais celles-là, à peine les a-t-on qu'on ne les désire plus.

— Mes amis me reviendront, dit Jessy. Je ne suis pas inquiète.

Si nous voulions aller au cinéma et si je proposais un western, Jessy ne protestait plus. Nous rentrions par le métro, pour faire des économies, et j'entraînais Jessy à travers les galeries souterraines des Champs-Élysées et de Montparnasse.

— Ne regarde pas les murs, disais-je. Il y a des dessins inconvenants qu'une jeune fille ne doit pas voir.

— Tu dis cela pour me les faire remarquer. Tu es un satyre.

— Je regrette de t'avoir conduite ici, vraiment je le regrette. J'ai honte de l'obscénité de mes compatriotes. Je m'excuse pour eux.

— Tu es toi-même si pur, si digne ! Je comprends que tu sois choqué. Je ne regarde pas. Tiens, je ferme les yeux... Conduis-moi par la main. Une aveugle dc plus dans le métro. Je vais me mettre contre un mur et chanter. Nous ramasserons des sous...

Jessy porta chez moi une valise remplie de ses affaires. Elle se contentait de passer chaque jour rue de Miromesnil, après le bureau, pour prendre un bain.

— Comment va Nicole ? dit-elle un soir où je l'accompagnais chez elle. J'aimerais la revoir. Organise une sortie ; j'ai envie de théâtre.

— Je vais téléphoner, pendant que tu prendras ton bain. Ne traîne pas des heures dans la baignoire.

— Je crois que je ne me laverai plus du tout.

Je croupirai, chez toi, sur un tas d'immondices. Je serai la séquestrée d'Alésia. C'est ainsi que cela finira.

J'entrai dans un café. Au comptoir, je commandai un verre de bordeaux et demandai un jeton de téléphone.

La cabine était étroite et l'électricité faisant défaut — une panne de courant plongeait le quartier dans le noir — je dus laisser la porte de la cabine entrouverte pour composer le numéro à la lueur d'une bougie posée sur le comptoir. Je tirai la porte et me trouvai dans l'obscurité d'un tombeau.

A l'appareil, je reconnus la voix de Germaine.

— Bonsoir, Germaine, dis-je. Comment va madame ? Puis-je lui parler ?

Il y eut un silence, puis un sanglot, mêlé de gémissements et une voix bouleversée me parvint.

— Monsieur ne sait pas ? Monsieur ne sait pas encore, pour madame ?... Oh ! c'est terrible !

Nicole était morte la nuit précédente, au cours d'une intervention chirurgicale décidée d'urgence. Elle ne s'était pas réveillée. Olivier, appelé en hâte, avait lui-même actionné le ballon d'oxygène, alors que tout avait été tenté et que Nicole était morte.

Je sortis de la cabine, regardai les visages des consommateurs dans l'éclairage dramatique des bougies fichées dans le goulot des bouteilles. Je vis la silhouette de Jessy paraître sur le seuil de la porte cochère. Elle traversa la rue et vint vers moi.

— Qu'est-ce que tu as ? dit-elle.

— Rien.

— Tu n'es plus le même... Il y a quelque chose. Parle-moi.

— Il n'y a rien. Allons dîner.

— Pierre, dis-moi ce qu'il y a.

— Nicole est morte.

Nous marchions dans le lacis de rues sombres découpant la masse de pierres qui s'étend de la place Beauvau au boulevard Malesherbes. Nous marchions sous le crachin de Paris. Les rues ne recevaient d'autre éclairage que celui des bougies, derrière les vitres des magasins et des cafés, car la panne durait toujours.

— Pourquoi voulais-tu me cacher la nouvelle ? dit Jessy.

— Il ne faut pas être porteur de mauvaises nouvelles. Les porteurs de mauvaises nouvelles, on les exécute. Il y a un tableau célèbre sur le sujet.

— Je te remercie de la confiance que tu mets en moi. Tu me crois incapable d'un sentiment profond ? Tu penses que je ne cherche qu'à m'amuser ?

— Non. Mais, après tout, tu connaissais peu Nicole.

— Tu crois les gens aussi égoïstes que tu l'es toi-même... J'aimais beaucoup Nicole.

— Pardonne-moi. C'est parce qu'il me semble que seuls ceux qui l'ont bien connue... Cette mort me révolte.

— Je lui dois beaucoup, dit Jessy. J'ai de la peine.

— Elle t'enviait d'être jeune, pleine de santé... Elle redoutait de vieillir.

— Je ne savais pas qu'il pouvait exister des femmes comme elle, dit Jessy. En Amérique, je n'en connais pas. Elle n'était pas conventionnelle, elle n'avait pas peur des mots... On la sentait très libre et tu m'as dit qu'elle avait eu des amants. Mais, en même temps, elle se conformait à un certain protocole... La façon dont elle recevait, rappelle-toi : c'était simple et quand même raffiné. Et comme elle s'habillait avec chic ! C'était une « grande bourgeoise », n'est-ce pas ? J'aurais aimé lui ressembler.

— Comme tu l'as bien comprise, dis-je. Tu lui ressembleras un jour.

— Je suis d'une autre race. Je suis une nomade. Il y avait derrière Nicole une tradition, toute une société, des usages... Tu crois que je n'observe rien, que je n'ai pris de la France que ses bons vins et sa cuisine. J'ai compris beaucoup de choses... Amaury connaît-il la nouvelle ?

— Lui aussi aimait Nicole. Nous l'aimions tous.

— Je n'ai jamais vu la mort. Quand ma grand-mère est morte, je venais d'arriver au collège et mes parents n'ont pas voulu que je refasse le voyage. Mais je pense souvent à la mort... Pierre, j'ai froid. Nous n'allons pas continuer à marcher sous cette pluie.

— Nous allons trouver un restaurant pour

dîner, dis-je. Veux-tu celui où il y a de si bonnes truites ? Il est tout proche.

— C'est un restaurant cher.

— Mais il te plaît, et tu aimes les truites.

— Oh ! oui, s'écria Jessy. Tu penses toujours à me faire plaisir.

On pêcha pour nous dans le vivier des truites frétillantes et nous les voulûmes au bleu. Nous mangeâmes ensuite des steaks énormes sous une couche de poivre charbonneux.

— Mieux vaut mourir jeune, dit Jessy en s'essuyant la bouche. Au moins Nicole n'aura pas connu la vieillesse. Te rappelles-tu le soir où nous sommes allés au théâtre ? Elle était déjà malade. Donne-moi encore un peu de vin.

— Que prendrez-vous comme dessert ? dit le maître d'hôtel en s'approchant de notre table. Il y a une très bonne tarte maison.

— A quoi est la tarte ?

— Aux pommes, dit le maître d'hôtel. Il y a aussi des sorbets, des glaces.

— Alors, de la tarte. Avec beaucoup de sucre.

— Pour moi aussi, dit Jessy. Et de la crème fraîche.

— Dans les Alpes, dis-je, nous mangions d'énormes portions de tarte aux pommes, avec de la crème Chantilly. Nicole se moquait de mon goût immodéré pour les tartes. Elle nous accompagnait souvent en montagne. Je la vois sur ses skis, hâlée par le soleil sur la neige... Je dois avoir des photos prises à cette époque ; je te les montrerai. Elle était très bonne skieuse, meilleure qu'aucun de nous, jamais lasse...

— C'était pendant la guerre ?

— Non, avant. Olivier était capitaine au bataillon de chasseurs, quand j'y arrivai. Nicole tenait table ouverte pour ses amis. Je me souviens de nuits passées à danser, et de courses en montagne. J'ai la nostalgie de ce temps-là où je vivais insouciant, jouissant à plein de mon corps. Il me semble que je ne suis plus que l'ombre de moi-même. Je l'ai bien vu en naviguant avec Olivier, l'été dernier. Une fois, j'avais retrouvé Nicole, à Nice, nous avions dîné et nous nous étions promenés dans la vieille ville.

— Ne sois pas triste, dit Jessy.

Elle posa une main sur ma cuisse, sous la serviette de table.

— Je suis triste quand je te vois triste, dit-elle. J'ai hâte d'être contre toi. Rentrons vite.

Elle avait saisi mon poignet et le caressait d'un mouvement lent et continu.

— As-tu aimé Nicole ? dit-elle. Je suis un peu jalouse. As-tu été son amant ?

— Une fois seulement. Ce soir-là, à Nice... Mais nous ne nous sommes pas bien entendus.

— Avec moi, est-ce que tu t'entends bien ?

— Qu'en penses-tu ?

— Je pense que oui. Je te donne dix-huit sur vingt. Quelquefois seize. Cela dépend ?

— De quoi est-ce que cela dépend ?

— De moi.

Rue Royale, nous prîmes un taxi. Il pleuvait toujours. La place de la Concorde était déserte.

— Comme Paris est sombre, dit Jessy.

Elle se serra contre moi, chercha ma bouche et y colla la sienne, tout le long du trajet.

Nue devant la glace de la chambre, au-dessus de la cheminée, Jessy caressait ses seins un peu lourds. Je la rejoignis sur le lit.

— Mon amour chéri, dit-elle. Je t'aime tant... Oh ! oui, oui... Je t'aime tant, mon amour... Oh ! Pierre, je t'aime tant...

Penché sur elle, je voyais le visage de Nicole.

— Mon chéri, dit Jessy, c'est toujours à Nicole que tu penses ?

— Oui, dis-je.

— Tu étais si passionné !... C'était à Nicole que tu pensais ? C'est à elle que tu as fait l'amour ? Dis-le-moi, Pierre, c'est à elle ?

— Non, c'est à toi. Mais il me semble que c'est à elle que j'ai dédié notre amour. Un peu comme si elle avait été avec nous.

— Je devrais être triste, dit Jessy, et, au contraire, je suis pleine de joie. Est-ce mal ? C'est la vie qui est la plus forte, n'est-ce pas ?

— La mort est forte, elle aussi. Elle est toujours mêlée à la vie.

Le jour de l'enterrement de Nicole, nous prîmes le train pour Nice. Le matin, au cimetière, j'avais jeté une fleur dans la fosse. Olivier avait reçu les condoléances. L'union détruite se reformait dans la mort, aux yeux du monde.

Je descendis sur le quai acheter des journaux. Des Anglais en chapeaux verts montèrent dans la voiture. Le sol était gras et noir. Des bruits ferrugineux se répercutaient sous l'immense verrière où le vent s'engouffrait. Des femmes passèrent, couvertes de fourrures, l'œil noir, des chiens plein les bras.

— Nous sommes en voyage de noces, dit Jessy. N'est-ce pas merveilleux de partir ensemble ? Ne sens-tu pas une sorte de complicité entre les voyageurs ? Ils me sourient.

— C'est un train de luxe. Ce sont des privilégiés qui le prennent et ils sont conscients de l'être. Conscients de faire partie d'une sorte d'élite cosmopolite... C'est ce dont tu rêvais dans ton collège. C'est toi la Madone des Sleepings.

— Crois-tu que nous pourrons tenir tous les deux dans ce lit étroit ?

— Je te quitterai et prendrai la couchette du haut, pour que tu puisses dormir.

— C'est très différent des trains américains. Beaucoup plus luxueux.

— C'est une vieille voiture, dis-je. Celles que je préfère. Vois ces marqueteries de bois précieux, ces cuivres dorés !... Cela doit dater d'avant la Première Guerre mondiale. Des princes russes ont passé des nuits dans cette cabine, entre Vienne et Varsovie.

— Pourquoi Varsovie ?

— Je ne sais pas.

— Il y a eu aussi de riches Américaines. Barbara Hutton a couché ici avec son cinquième mari.

— Et Joan Bennett, avec le quatrième.

On frappa à la porte. C'était le garçon qui apportait une demi-bouteille de champagne.

— Oh ! s'écria Jessy, elle est trop petite pour passer la nuit avec nous. Il faut la renvoyer se coucher.

— Sa sœur aînée, s'il vous plaît, dis-je au garçon.

Le train glissait sur les rails, à cent vingt kilomètres à l'heure.

III

A Nice, il pleuvait. J'avais retenu une chambre dans un hôtel de deuxième ordre, sur un boulevard intérieur de la ville.

— A quoi bon venir au bord de la mer, si on ne peut la voir, le matin, en ouvrant ses fenêtres, dit Jessy.

— De toute façon, dis-je, tu ne verrais pas grand-chose, par ce temps bouché. Si le temps se rétablit, nous pourrons déménager. Et nous ne sommes pas si mal.

— Mais nous ne voyons pas la mer.

— Il n'y a qu'à marcher cinq minutes pour la trouver.

— Justement, il faut aller la chercher.

Le soir même, j'emmenai Jessy dans un bar de la rue de France, le Charley's.

— J'y allais autrefois avec un ami, dis-je. Quand nous arrivions pour une permission de détente, notre première visite était pour le Charley's. On y rencontrait de vieilles Anglaises qui buvaient de la bière dans laquelle trempait une petite chaufferette, pour la tenir tiède.

— De la bière tiède, quelle horreur !

— C'est ainsi que l'aiment les vieilles Anglaises. Je me demande si Charley, le patron, est revenu après la guerre. Il doit être mort d'une cirrhose du foie, à l'heure qu'il est.

Charley était derrière son bar, le visage brique au-dessus de la cravate régimentaire. Les manches de sa chemise à rayures étaient retroussées jusqu'au coude. Posé devant lui, comme autrefois, il y avait un grand verre de vin blanc dont il buvait des gorgées, tout au long de la soirée. Les drapeaux de l'Union Jack pavoisaient la salle, mêlés aux drapeaux américains et français. Les photographies du roi George VI, de la reine et de Churchill complétaient la décoration. Dominant le bar, la femme de Charley était assise à la caisse.

Trois marins américains, installés au bar, dévisagèrent Jessy quand nous prîmes possession de deux tabourets. Je commandai les boissons.

— Charley ne m'a pas reconnu, dis-je. J'étais toujours en uniforme, c'est pourquoi... J'hésite à lui dire qui je suis.

Charley me regarda et je me nommai.

— Je venais souvent avec le lieutenant Bargemont, dis-je. Il y a treize ans de cela. Nous venions de Lantosque.

Charley souriait et se taisait. Il but une gorgée de vin blanc et continua à se taire.

— Je me souviens très bien de lui, dit la femme de Charley, qui m'avait entendu. Il mettait sa valise ici, près de la caisse, et venait la rechercher dans la soirée... Il n'a eu que ce qu'il méritait, dit-elle, haussant le ton. Vous n'avez qu'à aller là-haut, à Saint-Martin, on vous parlera de lui, vous verrez comment ! Il n'a pas laissé un bon souvenir, là-haut. Il a laissé piller les magasins. Il y a eu beaucoup de dégâts.

— Il n'était pas responsable, dis-je. Quand on a évacué la région, les hommes ont pris les denrées périssables et ont pillé les caves. Il n'y avait pas moyen de les retenir.

— C'était lui le chef, dit la femme de Charley. Il n'avait qu'à se faire obéir.

— Il aurait été absurde de laisser tout ce butin aux Italiens.

— Ils n'ont pas fait pire, dit la femme de Charley.

— Je voudrais un autre Martini, dit Jessy.

Charley nous servit et se réinstalla face aux marins américains et il se remit à sourire, après avoir bu de son vin blanc.

— Qui aurait pu croire cela ! dit la femme de Charley. Un officier français ! Il venait ici, déposait sa valise, là, dans le coin... Il bavardait avec les habitués ; il parlait bien l'anglais ; en fait, il détestait les Anglais... On en a parlé, ici, de son arrestation et de son procès, pour ça oui ! Il n'y avait personne pour le défendre. On a bien fait de le fusiller. Il faudrait les fusiller tous !

Je cherchais quelque chose à dire et ne trouvais rien.

— Allons-nous-en, dit Jessy à mi-voix. Je n'aime pas cette femme.

— Attends un peu, dis-je.

— Attendre quoi ? Ces Américains me regardent sans arrêt. Ils m'agacent.

— Ne fais pas attention à eux.

— ... Jamais je n'aurais pu croire, quand je le voyais arriver ici avec sa petite valise, qu'il porterait un jour l'uniforme allemand, dit la femme de Charley. Moi, je dis : il n'y a pas besoin de procès, il n'y a qu'à les fusiller tous.

— Allons-nous-en, dit Jessy. J'en ai assez.

— Eh bien ! sors. Je paie et te rejoins dehors.

Je quittai le bar sans avoir salué personne.

— Comment peut-on montrer tant de haine, dis-je, en retrouvant Jessy. Même s'il s'est trompé. Pas un mot de pitié. C'étaient ses amis. Il a laissé assez d'argent chez eux !

— Dis donc, qu'est-ce qu'il y a comme prostituées, dit Jessy. As-tu vu celle-là, qui a l'air si jeune, dans l'entrée de l'immeuble ? Nous sommes deux, et pourtant elle t'a souri au passage, je l'ai vu. Mais cela se fait, n'est-ce pas ? A trois, je veux dire.

— Oui, cela se fait.

— Est-ce que tu l'as fait ?

— Ne traîne pas. Le restaurant est sur le port. Il y a une bonne trotte.

— Est-ce que tu me crois vicieuse ?

— Et toi ? Comment te juges-tu ?

— Je pourrais le devenir... Je vais enfin goûter de ce fameux loup au fenouil, dont tu m'as tant parlé.

— La gourmandise, c'est un vice.

— Tu fais tout pour l'encourager.

Quand le serveur mit le feu au lit de sarments

sur lequel reposait le loup, après l'avoir arrosé de cognac, je vis sur le visage de Jessy une convoitise que j'aimais.

— Je bouffe, je bouffe, dit-elle. J'ai un peu honte d'être aussi gourmande. Je voudrais une salade au citron.

— Comme dessert, dis-je, je vais commander des sabayons.

— C'est toujours toi qui me tentes. Qu'est-ce que c'est, des sabayons ?

— Tu verras. Tu aimeras beaucoup...

— Je n'ai rien compris à ce que racontait cette femme, dans le bar, dit Jessy. Pourquoi voulait-elle tuer tout le monde ? Cet ami, avec qui tu allais bavarder avec les vieilles Anglaises, c'est celui dont tu m'as parlé, qui a eu une fin tragique ?

— Il a été fusillé. Il avait été capitaine dans la Waffen S.S., une troupe française qui s'est battue sur le front russe, aux côtés des Allemands. Il a réussi à s'échapper, au moment de la défaite allemande et à se réfugier en Italie. C'est là qu'il a été pris, livré aux Français et fusillé.

— Je croyais qu'il avait été tué ici, dans la montagne. Quand même, c'était grave d'avoir porté l'uniforme allemand. Ton ami n'est pas défendable.

— Il faut toujours défendre ses amis.

— Cela dépend de ce qu'ils ont fait.

— Je ne le juge pas. C'était un baroudeur, il voulait se battre, et il croyait.

— Il croyait en Hitler ? Il approuvait les camps de concentration ?

— Il croyait en la lutte contre le communisme, la défense de l'Occident, des choses de ce genre. Il y a des gens qui ont cru en tout cela, aussi étrange que cela puisse paraître aujourd'hui. Il y a bien des Français qui s'engagent pour la Corée ; ils sont d'ailleurs mal vus ; Dieu sait comment cela finira pour eux !

— C'est tout différent !

— C'est tout différent parce qu'ils se battent aux côtés des États-Unis.

— Mais toi, est-ce que tu l'aurais fait ? Tu aurais porté l'uniforme allemand ?

— Non, bien sûr !

— Alors, je ne comprends pas.

— En effet, tu ne peux pas comprendre... N'en parlons plus.

— C'est ton attitude que je ne peux pas comprendre. Je sais ce qui s'est passé en France pendant l'Occupation. J'ai rencontré des Français réfugiés en Amérique, qui racontaient ce qui se passait...

— N'ajoute rien. Ne parlons plus de cela. Veux-tu un alcool après ce bon dîner ?

— On ne peut parler de rien, avec toi. Me prends-tu pour une idiote ? Jamais nous ne pouvons avoir une conversation sérieuse.

— Je ne crois pas aux conversations sérieuses.

— Toi et tes plaisanteries !

— Elles ne t'amusent plus ?

— Il y a des sujets sur lesquels on peut avoir des choses à dire. Il s'est passé, il se passe des choses dans le monde sur lesquelles on a le droit d'avoir une opinion.

— La disparition des Indiens. La disparition de la tribu cherokee.

— Encore tes plaisanteries !

— Les sujets auxquels tu penses, on ne peut rien dire sur eux qui ne soit des lieux communs. Ce qui traîne dans les journaux... Ça ne m'intéresse pas.

— Qu'est-ce qui t'intéresse ?

— L'amour d'une jeune Indienne.

— L'amour aussi, c'est des lieux communs.

— Ceux-là mènent à des choses agréables... Pas les lieux communs de la politique.

— La jeune Indienne est fatiguée d'être prise pour une sauvage. Ou pour une enfant.

— Je veux me réconcilier avec la jeune Indienne. J'aime son peuple. Je voudrais lui offrir de l'eau de feu.

— Je rentre, dit Jessy en quittant la table.

Je la rattrapai sur la place du port.

— Je te demande pardon, dis-je. Mais je ne crois pas que tu puisses comprendre ce que j'ai éprouvé tout à l'heure. Et cela m'attriste de te voir si implacable... Tu ne réponds pas ?

— Je voudrais repasser par cette rue où il y a des prostituées.

— Quelle idée ! Cela fait un long détour. Rentrons.

— Tu es bourgeois, dit Jessy. Bourgeois et conventionnel.

Il pleuvait toujours.

— Nous n'avons pas de chance, dis-je. En janvier, il fait beau, d'habitude, dans ce pays.

— Je veux bien te croire. Mais je pense que nous aurions dû aller au Maroc.

— Où veux-tu déjeuner ? Veux-tu la terrasse de l'hôtel, sur la Promenade ?

Un petit orchestre jouait l'air du *Troisième Homme*. Je regardais les mouettes s'élever en l'air en criant, foncer sur les vieillards dans leurs plaids et leurs petites voitures, et les achever à coups de bec. L'air mélancolique, joué par les violons, m'emplissait tout entier.

— Je suis souvent passé avec Nicole devant cette terrasse, dis-je. Elle me disait : « Ça, mon petit Pierre, ce n'est pas pour nous. D'ailleurs, il n'y a que des vieillards. » Et me voici de l'autre côté des fusains en pots, parmi les vieillards.

— Avec une jeune Américaine.

— Cela non plus, je ne pouvais l'imaginer. Alors, je t'aurais trouvée trop jeune.

— Bientôt, c'est trop vieille que tu me trouveras. Il te faudra des petites filles. Tu iras les chercher à la sortie des collèges, avec un sac de bonbons... Je me demandais pourquoi je trouvais l'atmosphère de cette ville déprimante, c'est parce qu'il n'y a que des vieillards !

— Ne les regardons pas. Rentrons à l'hôtel. Allons fonder une démocratie dans notre chambre.

— Un fasciste comme toi !

Comme nous passions devant l'hôtel Ruhl, Jessy dit :

— Attends-moi un instant. Je vais voir si j'ai une lettre. Je me suis fait adresser mon courrier au Ruhl... J'ai une lettre de Bartlett, dit-elle un instant plus tard, en me rejoignant sur le trottoir. Tout va bien au bureau.

— Tu es soucieuse à ce point de ton bureau ?

— Il faut bien, dit Jessy vivement. Sans lui, nous ne serions pas ici.

— Et Malcolm ?

— Quoi, Malcolm ?

— Est-ce qu'il ne devait pas venir sur la Côte ?

— Par ce temps-là, il a dû aller ailleurs. Il n'est pas fou.

— Le temps a l'air de s'arranger. Je pensais que nous pourrions aller demain dans l'arrière-pays. C'est là, tu t'en souviens, que je voulais te mener.

— Il va faire froid dans ces montagnes. Et puis, encore l'autocar !

— J'ai loué un taxi, dis-je.

— En somme, c'est à toi que tu as pensé en organisant ce voyage.

— J'ai voulu te faire connaître les lieux où j'ai vécu, où j'ai été heureux. N'est-ce pas naturel ?

— C'est vrai. Et je sais que je ne suis pas gentille, depuis que nous sommes arrivés. Nous irons dans la montagne, puisque cela te fait plaisir. Je ne veux pas être égoïste. Nous allons être séparés. J'y pense souvent et cela me rend triste... Oh ! je suis tout heureuse de cette promenade de demain. J'ai hâte de connaître ces montagnes où tu as fait la guerre.

— C'est parce qu'elles sont belles, dis-je, que je veux te les faire connaître.

Le taxi grimpait le long de la route en lacet qui longe la Vésubie. Sur la route, il y avait des éboulis de rochers et je dus descendre deux fois de voiture pour aider le chauffeur à déplacer les parpaings qui nous empêchaient d'avancer. Des plaques de neige couvraient les pentes escarpées, au-dessus du torrent gelé et, par les échappées entre les parois rocheuses, on voyait les sommets enneigés des Alpes, coiffés de nuages.

— Nous allons passer devant le « Saut des Français », dis-je.

— On l'a dépassé, dit le chauffeur qui avait l'accent niçois.

— Alors, je me suis trompé. Il y a longtemps que je ne suis pas venu dans la région... C'est un rocher qui surplombe la gorge, dis-je à Jessy. Pendant la Révolution française, des partisans qui tenaient la montagne ont forcé des soldats français prisonniers à sauter dans le gouffre. Ce pays était indépendant, il n'y a pas si longtemps. Il n'a été réuni à la France que sous le second Empire.

— Comme le Texas aux États-Unis, dit Jessy.

Nous traversions Saint-Martin-Vésubie. Les arbres, sur la place, avaient été émondés. Ils dressaient leurs moignons comme si la guerre avait fait d'eux de grands blessés.

— Je reconnais à peine cette petite ville, dis-je. Elle était charmante, avant la guerre, avec son kiosque à musique, les terrasses des hôtels... Tout est fermé.

— Ce n'est pas la saison, dit le chauffeur.

— Ici, en contrebas de la route, nous avions monté un camp de marabouts.

— Qu'est-ce que c'est que des marabouts ? dit Jessy.

— Des tentes. J'en partageais une avec Bargemont. Nous faisions brûler des journaux entiers, le soir, pour réchauffer l'atmosphère. Vous nous arrêterez devant l'hôtel du Col, dis-je au chauffeur.

Je commandai les repas à l'hôtel et entraînai Jessy à travers la forêt. A mesure que nous nous élevions, la neige était plus abondante, mais le sentier demeurait visible.

— C'est bon d'avoir un sentier de montagne sous ses pieds, dis-je. J'aimerais avoir une vingtaine d'éclaireurs derrière moi.

— Est-ce que tu étais un bon chef ?

— Je me posais trop de questions. Mais j'essayais... Est-ce que le contingent américain progresse ?

— Il suit en bon ordre.

— Voilà l'un de mes postes, dis-je. Est-ce qu'il n'est pas bien caché sous les arbres ? Rien n'a changé. Le parapet a tenu bon. J'étais fier d'avoir trouvé cet emplacement. Viens voir... Viens voir comme on commande le sentier, sur plus de cinquante mètres. Si une patrouille ennemie avait tenté de s'infiltrer...

— Je te crois sur parole, dit Jessy. Je n'y connais rien. Et je suis fatiguée.

— Encore un effort, dis-je. Nous sommes presque arrivés. Nous allons quitter le bois ; on a de là-haut une vue splendide. Donne-moi la main. Ici, il y a de la neige. Regarde, on dirait des plaques de tôle ondulée. C'est le vent qui forme ces vaguelettes qui durcissent... Nous y sommes ! Asseyons-nous sur cette herbe pelée. Viens contre moi.

Je m'étendis sur l'herbe ; Jessy se coucha à mes côtés et je la serrai contre moi. Le vent passait en sifflant au-dessus de nos têtes ; de grandes éclaircies de ciel bleu se voyaient entre les nuages ; le soleil, par instants, brillait.

— Un matin, dis-je en me redressant, les Italiens ont attaqué. Ils étaient à couvert du petit bois.

Du bras, je montrai à Jessy l'orée du bois, au-delà de la baisse enneigée.

— Deux heures plus tôt, leur artillerie avait pilonné le poste... Le poste était derrière nous, un peu en retrait. Aucun obus ne l'avait touché : ce n'est pas facile de faire mouche sur un piton aussi étroit. Ensuite, les Italiens nous ont envoyé des obus de mortier, et puis ils sont sortis à découvert. Ils voulaient prendre le poste et je pense qu'ils le croyaient inoccupé.

— Qu'est-ce que tu te disais, quand tu les as vus attaquer ? dit Jessy.

— Je me disais : « Peut-être vont-ils s'arrêter, retourner dans le bois ? » C'était ce que j'espérais. Je criais des ordres... Je disais de ne pas tirer, de les laisser s'avancer en terrain découvert... J'étais en sueur ; j'allais d'un bout à l'autre du poste, à l'abri du parapet...

— C'était le dernier combat ?

— Ç'a été le seul. Il a duré vingt minutes. C'est long vingt minutes de tirs. La guerre était finie, et perdue. Les Allemands étaient à Valence ; l'armistice allait être conclu : on n'attendait plus que l'accord des Italiens. Alors, tu penses, cela ne pouvait servir à rien que ce sommet rocheux reste entre nos mains. Le sort du monde ne se jouait pas ici. J'avais espéré, tous les jours précédents, que rien ne se passerait dans mon secteur. Et voilà qu'ils nous attaquaient ! J'étais furieux, je ne voulais pas être tué.

— Ça, je peux le comprendre !

— Je ne croyais pas tenir à ce point à la vie. C'est là que je me suis aperçu à quel point je tenais à la vie... Quand nous étions partis, un an plus tôt, nous avions cru qu'on allait attaquer l'Italie. Je me voyais déjà à la Scala de Milan, comme un jeune sous-lieutenant de dragons. Ah ! la littérature !... Mais c'est la littérature qui fait marcher les gens, non ? La littérature et la musique militaire. Eh bien ! il ne restait rien de toutes ces rêveries. Il ne restait que la peur.

— Je crois que cela me serait égal de mourir, dit Jessy.

— Moi ça ne m'est pas égal. Je m'accroche ferme, comme je m'accrochais à ce rocher.

— A quoi sert de s'accrocher ? Il n'y a rien à faire si le moment est venu.

— Je crois que, si l'on s'accroche bien, on peut faire reculer l'échéance.

— Ne dis pas de bêtises. Il faut toujours mourir.

— Le plus tard possible. Très tard. Comme en Géorgie.

— Comment cela, en Géorgie ?

— En Géorgie, il y a des gens qui vivent cent vingt, cent soixante ans. A condition de se nourrir exclusivement de yaourt. Tu n'aimerais pas être géorgienne ?

— Je déteste le yaourt ! Descendons. Je suis gelée. Tu vas me faire attraper la mort.

— Viens que je te réchauffe. Tourne-toi... Je vais souffler dans ton dos entre mes mains... Tu sens mon haleine chaude ? Est-ce que c'est bon ?

— C'est merveilleux. Où as-tu appris cela ?

— A la guerre.

— A la guerre comme à la guerre !

Nous revînmes vers le petit bois, à travers la neige.

— Crois-tu que l'on ne vit bien que si l'on a consenti au moins une fois à sa mort ? J'ai lu cela quelque part. Si l'on n'a pas accepté sa mort, au moins une fois, alors il n'y a plus qu'à se *laisser vivre,* non ?... Il me semble que c'est ce que je fais, depuis le jour de ce combat : je me laisse vivre.

Tu te laisses vivre, pensais-je. Tout le monde se laisse vivre. Un pays entier qui se laisse vivre, cela se voit... Mais alors, c'était à tes chefs, à ton pays, à te rendre possible le sacrifice. Tu t'es déçu, voilà le vrai, et tu t'en veux, c'est-à-dire que tu *leur* en veux, tu n'as pas accepté, c'est pourquoi tu t'en fiches de la politique, tu ne votes pas, tu lis à peine les journaux, ou si tu les lis c'est pour te confirmer dans ton refus de la rhétorique officielle et toi, ma petite, qu'est-ce que tu peux comprendre à tout cela ? Il n'y a que l'amour. Et, autour, il n'y a rien.

— Heureusement que tu es venue dans ma vie, dis-je.

— Qu'est-ce qu'une petite Indienne cherokee peut donner à un homme comme toi ? Je sais bien qu'il te faut autre chose. Tu dis qu'il n'y a que l'amour, mais tu n'es pas heureux.

— Si ! Si ! L'amour suffit. Il n'y a que toi, Jessy, ma chérie... Embrasse-moi. Et maintenant, viens. Courons un peu pour nous réchauffer. Il y a une pissaladière, tu n'en as pas encore mangé, je suis sûr que tu l'aimeras. Et j'ai demandé de la polenta. De la polenta, en souvenir de la guerre dans les Alpes-Maritimes et des éclaireurs !

Le retour à Nice fut silencieux. Jessy se tenait dans un coin de la voiture, enveloppée dans son manteau gris.

— Bargemont, lui aussi, en voulait à son pays de ne pas lui avoir permis de donner sa mesure, dis-je. Mais, lui, c'était un vrai baroudeur... Moi, au fond, je m'en fichais. Trop heureux de m'en être tiré à si bon compte... Je croyais avoir encore de grandes choses à faire. Comme le comte de Saint-Simon... Sais-tu comment le comte de Saint-Simon se faisait réveiller par son valet de chambre ? Celui-ci entrait dans la chambre de son maître, il ouvrait les volets et disait : « Monsieur le Comte, levez-vous, vous avez de grandes choses à faire. » J'aimerais avoir un valet de chambre qui me réveille tous les matins de cette façon-là.

— Veux-tu que je remplace le valet de chambre ?

— ... Eh bien ! c'est pour cela que Bargemont s'est engagé dans la guerre. Il en voulait sa part.

— Il aurait pu s'engager ailleurs que dans l'armée allemande, dit Jessy. Il aurait pu s'engager dans la Résistance !

— C'est vrai. Je ne sais d'ailleurs pas pourquoi il ne l'a pas fait. Mais il y avait son passé ; son idée de l'état militaire ; nos préjugés...

— Et toi ? dit Jessy.

— Quand on s'en est tiré une première fois, on n'a pas envie de tenter la chance une fois de plus. Et puis, se faire tuer, mais dans un ordre. Et pas dans l'équivoque... Peut-être toute action ne peut-elle se faire que dans l'équivoque ? Alors, c'est que je ne suis pas fait pour l'action. Peut-être, si les circonstances avaient été différentes...

— Les circonstances, on les crée, dit Jessy.

Je ne répondis pas et le reste du voyage se passa dans le silence.

Le soir même, Jessy voulut aller dîner à Cannes.

— Pourquoi ne sommes-nous pas venus à Cannes plutôt qu'à Nice ? dit-elle quand nous fûmes sur la Croisette. Cannes, c'est beaucoup plus chic. Il n'y a pas d'aussi belles boutiques, à Nice. Regarde ces robes, ces bijoux... Il y a ici un vrai luxe. Je veux un whisky-sour au Carlton. J'ai vu le Carlton de loin, quand j'ai fait ce « tour » ridicule avec les *moms* américaines. Et, ensuite, nous irons dîner sur le port. Et puis au Casino.

— Tu es infatigable.

— Je suis ici pour m'amuser. Et tu me dois bien cela, après cette journée militaire. Avoue que c'était plutôt austère... Dis donc, ici aussi il y a des prostituées, dit Jessy. Est-ce que tu as couché avec des prostituées ? Oui, tu me l'as dit. Cela ne me choque pas. Si j'étais homme, je crois que je le ferais. Il doit y avoir l'attrait de l'inconnu. Une sorte d'espoir... J'ai encore beaucoup de choses à apprendre. Tu m'en as appris quelques-unes, mais j'ai d'autres curiosités.

— Tu me fais peur.

— Moi aussi, j'ai peur de moi. Que vais-je devenir quand tu seras parti ?

— Je te laisserai des instructions détaillées. Un programme fixe, à suivre à la lettre.

— Bien, Daddy.

— D'abord, boire moins.

— Ne commence pas. Regarde ce bateau illuminé dans la baie.

— C'est un navire de guerre américain. N'as-tu pas remarqué des marins américains dans les rues ? Les prostituées vont avoir du travail, cette nuit.

— Je pourrais peut-être leur donner un coup de main ?

— Tiens, dis-je en entrant dans le bar du Carlton, Malcolm. Il a l'air de nous attendre.

— Peut-être qu'il nous attend ? dit Jessy.

Malcolm s'était levé. Nous nous assîmes à sa table. On commanda des whiskies-sours.

— Il est moins bon qu'au Harris Bar, dit Jessy après avoir trempé ses lèvres dans le cocktail.

— Nous ne sommes jamais allés au Harris Bar, dis-je.

— Le Harris Bar est réservé à Malcolm et à moi. Il faut être américain pour y entrer.

— Jessy a peur de ses mauvais instincts, dis-je. Elle se sent une âme de prostituée. Je lui ai assuré qu'elle gagnerait plus d'argent qu'au Plan Marshall. Mais il lui faut un homme qui l'aide, la défende au besoin contre les concurrentes. Un homme qui la soutienne... Un souteneur, en somme, c'est le nom. Hélas ! Je vais partir dans un mois, sans quoi je n'aurais pas demandé mieux que de remplir ce rôle. Une place à prendre...

— Arrête, dit Jessy. Tu n'es pas drôle.

— Vous êtes venu faire quoi, ici ? dis-je, m'adressant à Malcolm. Vous êtes en vacances ? Plutôt mort, la Côte d'Azur, en cette saison de l'année. Vous skiez ? Ce matin nous sommes allés dans la montagne. Il n'y a pas beaucoup de neige, cet hiver.

— Pierre a voulu me montrer le lieu de ses exploits guerriers.

— Il y a eu la guerre, ici ? dit Malcolm.

— Pas grand-chose, dis-je. Quelques coups de canons, le long de la frontière. Plus tard, en quarante-quatre, les Américains se sont battus contre les Allemands, qui s'étaient installés sur nos positions. Des gars du Kentucky sont venus se faire descendre par des Poméraniens dans le comté de Nice : y a-t-il quelque chose de plus absurde ?

— Pierre avait un camarade qui s'est engagé dans l'armée allemande, dit Jessy. Il a été pris après la guerre, et fusillé. Qu'est-ce que tu en penses, Malcolm ?

— Ne recommençons pas cette discussion, dis-je. Voici ce que je crois : peu importe, au fond, la cause pour laquelle on se bat. Voyez la guerre de Sécession. Eh bien ! la dernière guerre, c'était une guerre de Sécession. Ce qui compte, c'est le choix que l'on fait par rapport à soi. Il y a eu deux sortes de gens : ceux qui se sont battus, qui ont risqué leur vie, et les autres : ceux qui ont préféré le bonheur.

— Comme toi, dit Jessica. Tu voulais le bonheur.

— Oui, mais je ne savais pas lequel. Je ne le sais toujours pas.

— Tout le monde veut le bonheur.

— Tu n'en veux que la monnaie du plaisir.

— Et toi ?

— Je sais à quoi m'en tenir. Je sais que je me *laisse vivre.*

— Eh bien ! dit Jessica, laissons-nous vivre. Et reprenons un drink. Et toi, Malcolm, qu'est-ce que tu veux ?

— La même chose, dit Malcolm.

— Qu'est-ce que tu veux, *dans la vie ?* dit Jessy. Toi aussi, tu veux le bonheur ?

— Ah ! dit Malcolm. Oui... Une belle musique... Tu sais, je n'ai pas la tête philosophique.

— Pauvre Malcolm, dit Jessy. Tu dînes avec nous. On va chercher un bistrot sur le port.

Quand nous sortîmes du bar, Jessy me prit par le bras et m'attira à l'écart.

— On ne pouvait pas le laisser seul, dit-elle. Cela ne t'ennuie pas ?

— Cela m'enchante. Allons voir les bateaux.

On alla voir les bateaux sur le port. Il y avait des goélettes magnifiques, des cotres francs, des ketches, des vedettes à moteur, beaucoup de vedettes. Elles étaient briquées, les vernis passés de neuf, les cordages lovés sur le pont en des cercles impeccables, disposés symétriquement. Certains yachts étaient reliés au quai par une passerelle et l'on entendait crisser les roulettes d'acier sur la pierre du quai.

— Le luxe, le calme et la volupté, dis-je. Et l'ordre. L'ordre, qui conditionne tout.

— C'est cela ton idéal ? dit Jessy.

— « Ô flots que vous savez de lugubres histoires », déclamai-je.

— Ce sont tes histoires de guerre, qui sont lugubres.

— « Flots profonds redoutés des mères à genoux ! »

— Ne fais pas attention, Malcolm. Il fait une petite crise, de temps en temps.

— « ... Et c'est ce qui vous fait ces voix désespérées... »

— Viens, dit Jessy. Allons dîner.

On alla dîner. Bouillabaisse, rouille, croûtons, fromage, rosé de Provence.

On retourna voir les bateaux.

— « Ô flots que vous savez de lugubres histoires... ».

— Qu'est-ce que c'est que cette comédie? dit Jessy. Tu n'as pas ouvert la bouche de tout le repas. Tu fais la tête? Notre conversation ne t'intéresse pas?

— « ... Et c'est ce qui vous fait ces voix désespérées... »

— Viens Malcolm. Laissons-le. J'ai envie d'un cognac.

Je les suivis de loin. Ils se donnaient le bras. Ils entrèrent dans une boîte, dans une rue sombre près du port. Je les rejoignis.

On était dans le noir. Je distinguais des barriques de porto qui servaient de tables; des tabourets. Le long du bar, assises sur les tabourets, ou bien debout, de très jeunes filles qui avaient le type du pays. Peau grasse, cheveux noirs. D'autres filles tenaient compagnie à des messieurs. Trois marins américains dansaient au centre de la pièce sur l'air du *Troisième Homme,* diffusé par un pick-up. Derrière le bar, deux femmes se trouvaient; la plus jeune servait les consommations et lavait les verres; l'autre, debout près de la caisse, la cigarette aux lèvres, surveillait la salle.

— As-tu vu la fille en pull-over rouge? dit

Jessy. Est-ce qu'elle n'est pas ravissante ? Elle regarde de notre côté. On devrait l'inviter.

— Une figurante des « ballets roses », dis-je.

— Qu'est-ce que c'est que des « ballets roses » ?

— Des réunions, des parties entre filles jeunes et vieux messieurs. Il y a eu un scandale de ce genre dans cette ville.

— Nos réunions dans le champ, près de Rebecca-Sloane, c'étaient des « ballets roses » ?

— Non. Il faut des vieux messieurs. Enfin, des messieurs d'âge mûr.

— Des dames d'âge mûr ne font pas l'affaire ?

— Non. Les dames, en principe, doivent être mineures.

— Alors, je ne pourrais plus y figurer. Toi, oui, dans quelque temps.

— Merci. Malcolm, est-ce que Jessy vous a parlé de ces réunions dans un champ, quand elle était au collège ?

— Non, dit Malcolm. Qu'est-ce qu'on y faisait ?

— Je n'ai jamais pu le savoir.

— Et tu ne le sauras jamais, dit Jessy.

— « Ô champs que vous savez de lugubres histoires ! »

— Ça le reprend, dit Jessy. Malcolm, va inviter la fille en rouge. Elle a des bras superbes...

— Salut ! dis-je. Je vais prendre l'air.

Je gagnai la porte. Je retournai voir les bateaux. Je m'assis sur une bitte d'amarrage devant un yacht à la coque noire avec un liston jaune.

— Qu'est-ce qui t'arrive ? dit Jessy dans mon dos.

— Il y a trop longtemps que je n'ai pas pris la mer.

— Réponds à ma question. Qu'est-ce qui t'a pris de partir ainsi ?

— Ça suffit ! dis-je. On rentre. On va prendre un taxi... Bonsoir, dis-je à Malcolm qui se tenait en retrait.

J'entendis Jessy dire : « Ne retourne pas dans cette boîte. Je te le défends. Rentre te coucher. »

A peine étions-nous dans notre chambre d'hôtel, que Jessy déclara :

— J'attends que tu m'expliques ta conduite. Qu'est-ce qu'il y a eu ?

— Tu veux vraiment le savoir ? Il y a que tu as des réactions qui ne me plaisent pas. Il règne sur cette côte une atmosphère de vice...

— C'est toi qui as voulu y venir.

— ... Et toi, tu t'épanouis dans cette atmosphère. Cela me peine et m'inquiète.

— La vérité, c'est que tu ne supportes pas que j'aie des amis et sorte avec eux.

— Ne me dis pas que cette rencontre avec Malcolm était fortuite.

— Il ne savait quoi faire de ses vacances. Quand il a su que j'allais dans le Midi, ça lui a donné l'idée d'y venir. Je n'avais pas le pouvoir de l'en empêcher. D'ailleurs, cela m'amusait de le retrouver.

— Je peux vous laisser ensemble, si tu y tiens.

Jessy s'enferma dans la salle de bains. Une demi-heure plus tard, elle y était encore. Je me dévêtis à moitié. Elle rentra dans la chambre. Elle était nue. Elle marchait cambrée à travers la pièce en caressant ses beaux seins. Elle passa près de moi, affectant de ne pas me voir. Je la saisis par le bras.

— Laisse-moi, dit-elle.

Nous luttâmes un moment, puis elle se laissa faire.

— Tourne-toi, dis-je.

En hâte, j'ôtai les vêtements qui me restaient. Je la tenais aux hanches. Je serrai le cou de Jessy, sous la chevelure. Nous nous retrouvâmes à l'autre extrémité du lit.

— Tu m'as fait mal, dit-elle. Pourquoi es-tu brutal ?

— Je ne suis pas brutal.

— Si. C'est souvent que tu es brutal. J'aime que tu sois tendre avec moi.

— Un moment vient où il est naturel que je sois « brutal », comme tu dis.

— Mais les paroles que tu prononces sont violentes et brutales, elles aussi. Tu n'oserais pas les répéter... Ce soir, tu ne m'aimais pas. D'ailleurs, je le comprends. Je suis mauvaise.

— Naturellement, tu as couché avec Malcolm, dis-je.

— Non.

— Je ne te crois pas.

— A ta guise. J'ai couché avec Chris, le garçon avec qui tu m'as surprise un soir, près de

Saint-Germain-des-Prés. Mais, ajouta-t-elle vivement, je ne l'aimais pas : tu n'as donc pas à être jaloux. Je ne l'aimais pas et je n'éprouvais aucun plaisir. C'était inutile de continuer, puisque cela ne me faisait rien. Ça n'a pas duré longtemps.

— Et, du moment que tu n'aimes pas quelqu'un, tu estimes que c'est sans importance ?

— A deux heures du matin, après deux ou trois whiskies, je suis incapable de résister.

— Ne te mets pas dans le cas de ne pas pouvoir résister. Ne reste pas à boire jusqu'à deux heures du matin.

— Mais il faut bien que je sorte, que je connaisse des gens ! Ce n'est pas par toi que je peux en connaître, je te vois toujours seule.

— Avec qui encore as-tu couché ? Avec « l'aviateur » ? Avec Paul, le petit type de l'E.D.F. ? En somme, tu m'as toujours trompé.

— Je ne te trompais pas, puisque je ne les aimais pas !

— Il y en a donc eu plusieurs ? Avoue-le. Mais avoue-le !

Elle éclata en sanglots.

— Ne pleure pas, dis-je. Ça n'en vaut pas la peine.

— Oh ! Pierre, dit-elle, je sens que tu me méprises. D'ailleurs, tu méprises toutes les femmes. Il faut mépriser les femmes pour coucher avec des prostituées. Eh bien ! Je t'ai donné des raisons supplémentaires de nous mépriser. Cela t'arrange, au fond. Et tu ris, à présent ?

— Je ne ris pas. Je suis subjugué par ta logique. Je ne trouve rien à répondre.

— C'est toi le responsable. C'est toi qui as compartimenté ma vie. Tu ne m'as pas fait connaître tes amis. Sauf Amaury et Nicole... Tu n'avais pas confiance.

— Je ne suis même pas triste, dis-je. Cela m'étonne, mais c'est ainsi... J'ai pitié de toi. Tu as été affolée par ta liberté, tes succès... Tu as abusé de tout. Mais tu dois déjà être lasse de cette vie.

— C'est vrai. J'ai appris que ce n'est pas en cédant aux hommes que je me les attacherai, du moins de la manière que je souhaite. Mais il m'est arrivé de me refuser à des garçons, dans l'espoir qu'ils chercheraient à me revoir, et comme ils n'ont pas eu ce qu'ils espéraient, ils m'ont laissée tomber. Alors, que faut-il faire ? Personne ne m'aide.

— Tu trouveras par toi-même. C'est en partie ma faute. Je ne t'ai pas assez entourée.

— C'est aussi parce que je n'ai pas un travail qui me plaise. Ce que je fais au Plan Marshall n'a aucun intérêt.

— A notre retour, nous chercherons autre chose pour toi.

— Je ne trouverai rien. Je ne sais rien faire... C'est seulement un homme qui peut me protéger. C'est cela que je t'avais demandé. Mais tu ne le voulais pas.

— Je ne le *pouvais* pas. Je savais que j'allais repartir.

— Et tu vas me laisser seule.
— Je reviendrai.

Le lendemain était notre dernier jour.

— Tu m'en veux beaucoup de ce que je t'ai raconté ? dit Jessy.

— J'aurais préféré l'ignorer.

— Je ne pouvais plus garder cela pour moi. Maintenant, je me sens comme libérée.

— Alors, tant mieux.

— J'ai été heureuse de connaître ce pays où tu as fait la guerre.

— Ne parlons plus de cela, dis-je. Je te le répète : je ne sais pourquoi j'ai voulu faire ce pèlerinage. Sans doute pour exorciser ce passé, ma peur, le souvenir de Bargemont... Parce que tu es le bonheur présent et qu'il fallait le mettre en présence de ce passé, pour l'abolir. C'est le bonheur qui est la seule revanche.

— Regarde la chance que nous avons pour ce dernier jour, dit Jessy. Quel beau soleil ! J'ai trop chaud avec mon manteau couleur de muraille.

— Dans les ruelles de la vieille ville, tu n'auras pas trop chaud... Regarde ces boutiques, on n'en voit pas le fond. Et ces entrées : de véritables coupe-gorge. Autrefois, la ville s'enfermait dans ses remparts, quand il y avait une incursion de Barbaresques.

— S'il y avait une incursion de Barbaresques, dit Jessy, je serais emmenée comme esclave et enfermée dans le harem d'un émir. C'est une vie qui me conviendrait assez bien.

— Tu devrais te nourrir exclusivement de rahat-loukoum. Tu deviendrais énorme.

— Mais toi, tu viendrais me délivrer. Tu m'enlèverais sur un bateau.

— Une touque.

— Une quoi ?

— C'est le nom du bateau. Voici la cathédrale Sainte-Réparate.

— Qui était sainte Réparate ?

— Entrons. Nous l'apprendrons peut-être à l intérieur.

La porte franchie, nous nous trouvâmes en présence d'un prêtre.

— Vous venez visiter l'église ? dit-il. C'est moi le curé de la paroisse. Je vais vous servir de guide. C'est une belle église, n'est-ce pas ? Voyez, en haut, de chaque côté de l'autel, des loggias derrière des grilles de bois doré. C'est là que se mettaient les familles nobles pour assister à la messe. Elles étaient bien dans ces petits cagibis, cachées aux yeux des fidèles ! Je vais vous montrer la sacristie ; il y a de très beaux ornements sacerdotaux.

— Dis donc, dit Jessy à mon oreille, je me demande ce qu'ils fabriquaient dans ces loggias ?

— Tiens-toi convenablement, dis-je.

— Elle est américaine ? dit le curé, se retournant.

— Nous sommes des touristes du Kentucky en voyage, dit Jessy d'un air effronté.

— C'est un voyage de noces ?

— Non, dis-je. Nous ne sommes pas mariés.

— Vous êtes catholiques ?

— Moi, je le suis. Elle ne l'est pas.

— Ça ne fait rien, dit le curé. J'ai marié l'autre jour des Américains dont l'un seulement était catholique.

Les mains dans les manches de sa soutane, il nous regardait comme s'il attendait une réponse. Il ouvrit une armoire en chêne et nous montra des chasubles, des étoles et des dalmatiques d'étoffes précieuses.

Je lui donnai une obole.

— Qu'est-ce que tu en penses, gros chat ? dit Jessy quand nous nous retrouvâmes, seuls, dans l'ombre d'un bas-côté. On aurait pu profiter de l'occasion.

— L'occasion de te convertir ?

— L'occasion de nous marier... Nous aurions dû lui dire que nous étions des Mormons, pour voir sa tête. Que j'étais ta dixième femme. C'est cela que tu voudrais être, j'en suis sûre : Mormon. Pour avoir des tas de femmes.

Nous nous retrouvâmes sur la petite place, devant l'église.

— Pourtant, dit Jessy, j'aurais aimé me marier dans cette église. Et je crois que j'aurais aimé me marier avec toi.

— Gai, gai, marions-nous !

— J'ai envie de me convertir au catholicisme.

— Bonne idée, dis-je. Cela te rendra peut-être un peu plus sage.

Dans le train qui nous ramenait à Paris, quelques minutes avant de débarquer, Jessy dit :

— J'ai une nouvelle à t'annoncer.

— Quoi encore ?

— Tu es inquiet ? Tu penses que j'ai à avouer une chose laide ? J'ai trouvé un appartement. Trois pièces, rue Saint-Sulpice. Est-ce que je n'ai pas de la chance ? Fini la rue de Miromesnil. Je ne suis pas fâchée de quitter cette emmerdeuse qui me surveillait, m'empêchait de recevoir mes amis, me reprochait de rentrer tard... J'ai visité l'appartement avant de quitter Paris. Il me plaît beaucoup. J'espère qu'il te plaira. Ce soir nous pendrons la crémaillère. Demande à Amaury de venir, si tu peux le joindre. Tu n'as pas l'air enthousiaste.

— C'est une nouvelle période de ta vie qui commence, dis-je. Changer de quartier, c'est changer de vie.

— Je sais à quoi tu penses. Mais je serai bien plus sage quand je serai chez moi. Je suis si heureuse ! Je veux que tu le sois aussi.

Nous nous quittâmes devant la gare.

J'entrai dans un café pour téléphoner à Sarah Melvin.

— J'ai très envie de vous revoir, dis-je.

— Ça vous prend comme cela, tout d'un coup, dit Sarah Melvin. Il y a bien deux mois... Et, naturellement, c'est tout de suite que vous voulez me voir ?

— Ce dont on a envie, il faut l'avoir tout de suite.

Rendez-vous fut pris aux Deux Magots, à midi.

— Vous êtes transformée, dis-je à Sarah Melvin quand elle m'eut rejoint sur la banquette de moleskine.

— Ce sont les lunettes.

— Vous avez besoin de lunettes ? Je ne m'en étais pas aperçu.

— Une étudiante doit porter des lunettes, non ?

— La New-yorkaise sophistiquée s'est métamorphosée en étudiante.

— Je vous dis que ce sont les lunettes.

— Très bien, ce sont les lunettes. Que voulez-vous prendre ?

— Un jus de tomate.

— Voyez comme vous avez changé ! Et les études, comment vont-elles ?

— Il y a des années que je n'ai pas travaillé, je ne sais plus comment m'y prendre, dit Sarah Melvin. J'ai des cours tous les jours. Des devoirs à faire chez moi. Presque tous les étudiants sont plus jeunes que moi. Sauf quelques bonnes sœurs. Peut-être vais-je me faire bonne sœur ? Comment va votre petite amie de Rebecca-Sloane ?

— Est-ce que cela vous amuserait de faire sa connaissance ?

— Beaucoup ! s'écria Sarah Melvin. Je saurai ainsi quels sont vos goûts.

— Vous les connaissez très bien.

Je retrouvai Sarah Melvin le soir même et l'amenai chez Jessy.

— Votre amie a de la chance d'avoir trouvé un appartement, dit Sarah Melvin. J'en ai assez de l'hôtel. J'ai habité un moment chez Antoinette, mais c'est impossible : ils se disputent sans arrêt. J'étais leur prisonnière. Lui, Roger, me fait pitié. Vous paraissez si fort à côté de lui. Vous savez ce que vous voulez, vous ne dépendez de personne.

— Qu'est-ce qui vous fait croire cela ?

— Mais c'est évident !

— Eh bien ! Tant mieux si c'est l'impression que je donne.

L'appartement de Jessy était au deuxième étage d'un vieil immeuble. Il y avait des cheminées de marbre turquin, jauni par les feux de bois, et les hautes fenêtres étaient fermées par des crémones en bronze doré. Les murs étaient sales ; la cuisine en mauvais état. Deux fauteuils d'acajou et une table à jeu Louis-Philippe occupaient le centre de la pièce au plancher disjoint.

— Comme ça me plaît ! dit Sarah Melvin.

— Venez voir la chambre, dit Jessy.

Je les entendis rire et bavarder dans la pièce voisine. J'allai les rejoindre.

— Vous voilà amies ? dis-je.

— Peut-être allons-nous le devenir, dit Sarah Melvin en prenant le bras de Jessy.

— Je trouve toujours suspectes les amitiés entre femmes.

— Tu trouves tout suspect : les amitiés entre femmes, entre hommes, entre hommes et femmes...

— J'ai l'impression, au contraire, de ne rien

voir, de ne rien deviner... Je ne comprends que quand il est trop tard.

— Comme sur le bateau, dit Sarah Melvin.

— Que voulez-vous dire ?

— Vous n'avez pas compris ? Ce n'était pourtant pas difficile.

— Nous t'aimons beaucoup, n'est-ce pas Sarah ? dit Jessy. En dépit de ton mauvais caractère.

— C'est vrai que vous avez un caractère impossible, dit Sarah. Vous êtes ombrageux... Souvent déprimé...

— Allez-vous continuer longtemps toutes les deux ? Qu'est-ce que cette coalition ?

— Il faut bien que l'on te dise tes vérités, dit Jessy en riant. J'ai trouvé une alliée. Tu dois bien te tenir !

J'étais entre elles deux. Je les pris par la taille. Leurs deux visages souriants étaient proches du mien.

— Je trouve que nous formons un trio charmant, dit Jessy. Quel dommage que tu partes dans quelques jours !

— Nous aurions pu faire des choses ensemble, dit Sarah Melvin. J'aimerais connaître mieux la France. Visiter les châteaux de la Loire, la Bretagne...

— Nous irons au printemps, dit Jessy.

— Vous devriez attendre mon retour, dis-je.

— Je ne sais pas si nous pourrons attendre, dit Sarah Melvin.

Elle se dégagea d'un mouvement souple et retourna dans la pièce voisine.

— Je ne la trouve pas snob du tout, dit Jessy quand Sarah Melvin fut partie. Elle m'a proposé de m'aider à arranger l'appartement. Je ne demande pas mieux, car je n'aurai pas beaucoup de temps pour m'en occuper... Elle veut me faire rencontrer des amis à elle, qui ont une maison près de Paris. N'est-ce pas gentil de sa part ?

— Au fond, tu n'as plus besoin de moi. J'ai guidé tes premiers pas dans Paris ; Nicole t'a appris à t'habiller ; tu es prête pour d'autres expériences. Tu vas recevoir tes amis, tu seras invitée... Rappelle-toi comme tu étais malheureuse de ne pas avoir d'invitations ! Et moi, ours comme je suis, je t'aurais compliqué la vie.

— Je vais pouvoir mettre ma robe du soir ?

— Fini les bistrots !

— Mais j'aime les bistrots.

— Tu iras de temps en temps, pour t'encanailler, du côté des Halles et de Montmartre.

Ce que me dit Sarah Melvin, deux jours plus tard, confirma mon impression sur l'avenir de Jessy.

— Pourquoi la cachiez-vous ? dit Sarah Melvin. Il faut lui faire connaître des gens. Elle m'a dit qu'elle ne voyait que les garçons de son bureau. Il faut s'occuper d'elle, elle le mérite.

— Parce que vous ne la trouvez pas bien ?

— Pour une fille de Rebecca-Sloane elle est vraiment *bien :* il n'y a presque pas trace de l'esprit de son collège. Je sais que c'est à vous qu'elle le doit. Mais vous n'avez pas eu le temps de tout faire.

— Peut-être ne sera-t-elle pas *mieux* et allez-vous l'abîmer ?

— Mais non ! Elle a le goût du risque. Elle me donnera des leçons de français. Et moi, je lui donnerai des leçons... d'autre chose.

— Le beau programme ! Si seulement vous pouviez la persuader de moins boire. Ou de boire des jus de tomate.

C'était ma dernière semaine à Paris.

— J'apprécie les efforts que tu fais pour me donner toutes tes soirées, dis-je à Jessy.

— Je ne fais aucun effort.

— Je pense à toutes ces invitations que tu reçois et que tu refuses.

— Cela ne me coûte pas de les refuser. Mais il faut bien que je tienne quelques hommes en haleine, sans cela ils vont se décourager.

La veille de mon départ était un dimanche. Vers le soir, nous venions de prendre le thé, le plateau était posé par terre, sur le tapis de laine blanche, récente acquisition faite en compagnie de Sarah Melvin. Je sentis Jessy trembler dans mes bras et elle fit entendre ces petits cris d'animal qui étaient ses sanglots à elle.

— Calme-toi, Jessy, ma chérie, dis-je. Ne m'ôte pas le courage qu'il me faut pour te quitter.

— C'est si dur de te perdre ! dit-elle. Il n'y a qu'avec toi que je m'entende bien. Les autres n'ont jamais compté. Je t'ai tant aimé.

— Je le sais, mon amour chéri.

— Tu m'as apporté tant de choses. Je suis différente depuis que je te connais... Toi aussi,

Pierre, tu es triste. Depuis plusieurs jours tu es triste.

— C'est triste de quitter ceux qu'on aime. Et c'est ce que je passe ma vie à faire. Je ne sais pourquoi je me suis fait cette vie-là. Avec toi, je pensais que ce serait une aventure sans lendemain. Comme toutes les autres.

— Et si tu restais, crois-tu que cela durerait ?

— Un an est vite passé. Dans un an nous nous retrouverons. Je t'écrirai souvent. Je suis heureux de te voir si bien installée. Tu ne seras pas souvent seule. Tu vas beaucoup sortir. Sois prudente. Sois sage... Qu'est-ce qui me prend ? m'écriai-je. C'est bien à moi de te conseiller la prudence ! Amuse-toi. Profite de ta vie ! Tiens, sortons. Ne restons pas ici. Allons dîner dehors. Où veux-tu aller ? Qu'est-ce qui te ferait plaisir ? Je veux m'amuser pour ma dernière soirée à Paris et dépenser mes derniers francs !

— Non, dit Jessy. Je préfère être seule avec toi, ici. Je me rappellerai toujours ces quelques mois, Pierre, et comme tu as été gentil.

Le train transatlantique était formé quand j'arrivai à la gare. Des groupes d'amis étaient venus accompagner les voyageurs, leur apport des fleurs. J'allais vite, pressé d'être installé dans mon compartiment.

Amaury surgit devant moi.

— Laisse-moi t'aider, dit-il, empoignant une valise. Tu es seul ? La jeune personne n'est pas venue te faire ses adieux ?

— La jeune personne doit être à son bureau,

dis-je. Téléphone-lui : elle sera contente de savoir que tu es venu.

— Je vais m'occuper d'elle, mon lapin. Ne te fais pas de souci !

— Des tas de gens sont prêts à s'occuper d'elle.

— Naturellement, tu ne donneras aucune nouvelle de toi, comme d'habitude. Tu n'es pas un peu fatigué d'aller et venir ainsi d'un continent à l'autre ?

— Si, dis-je. Je commence à être fatigué.

IV

Un soir d'hiver qu'il neigeait, je descendais les Champs-Élysées à la recherche d'un cinéma et comme je passais devant un magasin illuminé, j'aperçus Jessy, sur le seuil d'un passage, qui me souriait. Je restai un instant le pied en l'air et fis les quelques pas qui me séparaient d'elle.

— Tu es à Paris ! dit Jessy. Tous ces temps-ci je pensais à toi. Je me disais que tu devais être là ou que tu allais bientôt revenir d'Amérique. Pourquoi ne m'as-tu pas prévenue ? Vraiment, tu aurais pu m'écrire, m'envoyer un télégramme, ne crois-tu pas ? Tu as bonne mine... Eh bien ! Pierre, qu'est-ce que tu as ? Dis quelque chose... Oui, il y a trop à dire ! Ne me regarde pas ainsi, comme si tu ne me reconnaissais pas. Ai-je changé à ce point ? Comme tu es étrange... Allons, viens, ne restons pas ici. Allons dans un café. Tiens, allons dans ce bar.

— C'est cela, dis-je. Allons dans ce bar.

— Eh bien ! dit Jessy quand nous fûmes installés, commande quelque chose. Je prendrai un whisky. Toi aussi ? Deux whiskies, dit-elle au garçon. Écoute, Pierre, ajouta-t-elle en riant, ne reste pas muet ainsi. Parle-moi.

— Ce n'était pas de cette façon-là que j'avais imaginé notre rencontre, dis-je. Je suis pris au dépourvu.

— Tu n'as pas eu l'air de me reconnaître.

— Tu es très élégante.

— Ce manteau te plaît ? Et ma toque de loutre ? Te rappelles-tu quand je suis arrivée à Paris, comme j'étais attifée ? C'est grâce à toi, à Nicole, que j'ai appris à m'habiller. Pauvre Nicole !... Je pense souvent à elle... Tu me trouves grossie, j'en suis sûre. Je mange trop et ne fais pas assez d'exercice. C'est terrible ! Mais il y a de si bonnes choses à Paris. J'aime Paris de plus en plus.

— Toujours la vie gracieuse ?

— Tu sais que j'aime m'amuser. Je ne sais combien de temps cela durera. Et toi, Pierre, tu habites toujours la rue d'Alésia ? avec les lions ? Il faudrait pourtant que tu t'installes dans un appartement digne de toi. Combien de temps restes-tu, cette fois-ci ?

— Je repars l'été prochain.

— Il y a longtemps que tu ne m'as pas écrit. Plus de six mois ! C'est vrai que je n'ai pas répondu souvent à tes lettres. Sauf au début.

— Trois fois. Tu m'as répondu trois fois.

— Tu m'en as voulu ? J'ai été si triste après ton départ. Comme ce temps est loin.

— Un an et un mois, dis-je.

— Je me sentais si seule ! Et puis j'ai été malade, j'ai dû entrer en clinique. Toujours ces ennuis, comme j'en ai eus en Amérique... Veux-tu tu commander un autre whisky, s'il te plaît ? Oh ! te rappelles-tu le maître d'hôtel de Fontainebleau : « S'il vous plaît, madame !... » « S'il vous plaît, monsieur... » Comme on était bien ! Comme j'étais heureuse ! Je n'ai jamais été heureuse comme avec toi.

Jessy étendit le bras par-dessus le guéridon qui nous séparait et saisit mon poignet.

— Comme tu es ému, dit-elle. Calme-toi... Pierre, calme-toi, mon chéri. Moi aussi je suis émue... Oh ! Pierre, ne sois pas triste. Moi, je pensais bien te revoir. Comme cette rencontre est romanesque ! Une chance sur combien ?... Et sais-tu qui j'ai rencontré, la semaine dernière ? Ton amie Sarah. J'espère que tu ne l'as pas revue : je serais furieuse que tu lui aies donné signe de vie à elle, et pas à moi.

— Tu vois souvent Sarah ?

— Je l'ai vue après ton départ. Elle m'a fait inviter chez des amis à elle. Des mondains, des banquiers, tu vois qui je veux dire. Mrs Fiori-Wood, tu la connais ? Il m'arrive de la rencontrer dans des cocktails... Vraiment, tu aurais pu m'annoncer ton retour. Il va falloir que tu sois très gentil pour te faire pardonner. Il faut que je te quitte. J'attendais un ami, quand tu m'as vue. Je ne peux pas le laisser poireauter trop longtemps sous la neige, le pauvre !

— C'est Malcolm ?

— Non, ce n'est pas Malcolm, dit Jessy en riant. Je vois toujours Malcolm, mais, ce soir, c'est un autre de mes « beaux ».

— Quand vais-je te revoir ?

— N'est-il pas dangereux de se voir ? Cela ne peut plus être comme avant, tu le sais. Les choses passées ne peuvent pas renaître... Et pourtant, je suis si heureuse de t'avoir retrouvé ! J'ai tant de choses à te raconter. Tu seras fier de moi. Le Plan Marshall, c'est fini. J'ai un travail beaucoup plus intéressant dans une affaire de publicité. Je t'expliquerai. Je sortais de mon bureau quand tu m'as vue.

— Je t'appellerai rue Saint-Sulpice, dis-je.

— Il y a longtemps que je n'habite plus rue Saint-Sulpice. J'ai trouvé mieux. Voici le numéro de téléphone de mon bureau.

Jessy sortit un crayon de son sac et écrivit un chiffre sur le napperon de papier glissé sous le verre. Le crayon griffait le papier et le déchira.

— Si je n'avais pas tourné la tête, tout à l'heure, et si je ne t'avais pas vue, m'aurais-tu fait signe ? J'ai eu l'impression que tu m'avais vu la première ?

— Bien sûr, je t'aurais fait signe, dit Jessy.

Sarah Melvin, elle aussi, avait trouvé un appartement. Trois pièces sur cour, dans un vieil immeuble de la rue de Bourgogne. Le soleil oblique faisait luire les ors du cadre de la glace, au-dessus de la cheminée, et du rechampi des portes. Deux fauteuils laqués gris étaient recouverts d'une soie bleue qui, par endroits, s'effilochait ; des gravures du XVIIIe siècle couvraient les murs.

— Je me plais tellement ici que je sors à peine de chez moi, dit Sarah Melvin. Je fais mes courses dans la rue, il y a des tas de boutiques amusantes, je connais tous les commerçants... Je m'aventure parfois jusqu'à la rue des Saints-Pères, pour voir les antiquaires.

— Mais Sarah, dis-je, quel progrès ! Votre français est parfait.

— L'accent n'est pas au point, dit Sarah Melvin, mais j'ai bien peur de ne pas pouvoir l'améliorer.

— De grâce, ne cherchez pas. On ne trouverait pas, dans tout le seizième, accent plus britannique que le vôtre. C'est le comble du chic. Et vous êtes toujours aussi élégante. Toujours Christian Dior ?

— Vous savez que je suis fidèle.

— Fidèle aux couturiers. Et au noir.

— Fidèle à mes amis. J'attends des visiteurs. Deux garçons que j'avais invités à prendre un verre, avant de recevoir votre coup de téléphone. Ils ne resteront pas longtemps.

L'un des amis de Sarah Melvin était banquier ; l'autre faisait partie du cabinet d'un ministre.

— L'Amérique est en pleine crise, dit le banquier qui avait fait un voyage à New York au moment de Noël. Il était vêtu de bleu marine et portait une cravate de tricot noir sur une chemise blanche. — A New York, les gens sont inquiets, quoi ? J'ai constaté un fort mouvement isolationniste. Une méfiance envers l'Europe.

Les gens ont peur... Vous savez, on ne peut plus se promener dans Harlem, quoi ? Un taxi a refusé de m'y conduire.

— J'ai vu Adamson, de l'Ambassade, dit l'attaché de ministère qui portait un complet bleu marine avec une cravate de tricot noir sur une chemise bleue. — Il est toujours bien informé. Eisenhower se présenterait.

— Je croyais que Taft avait les plus grandes chances.

— Pas si Eisenhower se présente.

— Où descends-tu quand tu vas à New York ? dit le banquier.

— Au Saint-Régis.

— J'étais au Plaza. Le service laisse beaucoup à désirer, quoi ?

— Ça, partout. On attend une heure son petit déjeuner. Et les clients ne protestent pas, l'as-tu remarqué ? Il n'y a que les Européens qui rouspètent. On obtient des indigènes ce qu'on veut. Ils font la queue partout. Devant les cinémas, les restaurants... Ils attendent qu'on les place.

— C'est fou ce que l'instinct grégaire est développé, quoi ?

— Les seuls Américains vraiment *bien* viennent habiter Paris, dit l'attaché de ministère. N'est-ce pas, Sarah ?

— Il en reste quand même quelques-uns de passables à New York, dit Sarah Melvin. Et vous, Pierre, qu'est-ce que vous pensez de mes compatriotes ? Pierre connaît bien l'Amérique. Il en arrive après y avoir passé un an.

— Je n'étais pas au Plaza, dis-je. Ni au Saint-Régis.

— New York est une ville déconcertante, quoi ? dit le banquier. Tous ces quartiers misérables... Ces détritus, à tous les coins de rue... Les gratte-ciel, ce n'est pas tellement époustouflant. On a vu ça au cinéma.

— Ce qui m'a frappé, dit l'homme du ministère, c'est à quel point ils boivent.

— C'est parce qu'ils s'ennuient, dit le banquier.

— C'est vrai, dit l'autre. S'ils vous reçoivent chez eux avec tant de facilité, de largesse...

— ... Oui, ils sont très accueillants, quoi ?

— ... C'est parce qu'ils s'ennuient.

— C'est aussi à cause du climat, dit le banquier. C'est pourquoi ils boivent tant, je veux dire. L'hiver, il fait très froid, on boit pour se réchauffer ; l'été, il fait très chaud, on a soif... C'est l'explication. D'ailleurs, à New York on tient l'alcool bien mieux qu'à Paris.

— Cette Américaine, l'autre jour, chez les Tournon, Sarah, vous l'avez vue ? Qu'est-ce qu'elle tenait ! En sortant, elle est tombée dans l'escalier, ou presque, je l'ai aidée à se relever.

— Vous exagérez, dit Sarah Melvin.

— Elle était devant moi... Une fille superbe, je dois dire.

— New York a quelque chose d'inhumain, dit l'attaché de ministère. C'est beau, si l'on veut, si l'on aime ça, mais on ne peut pas y vivre. Tu pourrais, toi ?

— Non, on ne peut pas y vivre, dit le banquier.

— Et vous, Pierre, aimez-vous New York ? dit Sarah. Je dois sortir. Pardonnez-moi de vous mettre à la porte. Pierre, restez. J'ai à vous parler.

— C'était Jessy ? dis-je quand nous fûmes seuls. Cette Américaine ivre, c'était Jessy ?

— Il y a des tas d'Américaines à Paris ! dit Sarah Melvin. Il y en avait plusieurs, l'autre jour, chez ces gens... Décidément, vous l'avez toujours en tête ! Vous étiez bien silencieux, tout à l'heure. Cela doit vous agacer d'entendre parler de ce que vous connaissez si bien. Surtout sur ce ton ! Gilles est brillant, mais il ne le sait que trop.

— J'ai trouvé juste presque tout ce qu'ils ont dit, quoi ? Je ne sais ce qu'il faut penser de l'Amérique et des Américains. J'ai bien quelques idées... Mais je ne sais comment les exprimer, quoi ?

— Votre présence fait éclater le ridicule des gens, dit Sarah Melvin en éclatant de rire. Je l'avais remarqué, sur le bateau.

— Et vous, Sarah ? dis-je quand nous fûmes installés dans un restaurant voisin. Il y a maintenant plus de deux ans que vous vivez en France. Qu'est devenu votre ami de New York ?

— Quel ami ?

— Mais, Sarah, cet homme malade, torturé, qui ne pouvait se passer de vous. Vous m'avez tout de suite parlé de lui, au cours de notre traversée.

— Ah ! dit Sarah Melvin, je n'ai plus de ses nouvelles. Je crois qu'il vit en Californie. Il s'est remarié.

— Il a donc pu se passer de vous ? On se passe des gens, tout compte fait. Et ils se passent de vous, quoi ?

— Ne recommencez pas !

— Allez-vous faire comme lui ?

— Vous voulez dire : me marier ? Peut-être. Ni l'un ni l'autre des amis de ce soir...

— J'ai eu peur.

— Oh ! Ils sont gentils... Mon ami, enfin, celui que j'épouserai peut-être, est très gentil, lui aussi. Il est baron, mon cher. Noblesse d'Empire.

— C'est un joli titre, baronne. Il vous ira très bien. Et le tortil aussi vous ira très bien.

— Qu'est-ce que c'est que le tortil ?

— La couronne de baron. En avant sur le front, posé sur votre chignon, cela vous ira à ravir. Il a une devise à ses armes, votre baron ?

— Je crois qu'il se moque un peu de tout cela.

— C'est une honte ! Vous devez exiger qu'il ait ses armoiries peintes sur la portière de votre voiture.

— Et il y a un château, qu'en dites-vous ? Un château dans la Sarthe, avec des tours, des douves... Frédéric a commencé à le restaurer. Il veut faire de la politique et dit que c'est très bon pour lui d'avoir une demeure dans sa province.

— Quand vous aurez besoin d'un garde-chasse, vous penserez à moi. Madame la Baronne prendra-t-elle un dessert ?

— Madame la Baronne veut rentrer, dit Sarah Melvin. Elle vous offre un drink.

— Madame la Baronne est trop bonne.

Chez elle, Sarah Melvin s'absenta un moment et revint vêtue d'une robe d'intérieur en velours noir, retenue par une ceinture dorée.

— Je ne vous ai pas encore dit que je travaille, dit-elle. Un travail difficile, qui me donne beaucoup de mal.

— Laissez-moi deviner. Secrétaire d'un ministre ? Directrice d'une maison de couture ?... J'ai trouvé : décoratrice d'appartements.

— Je fais une traduction. C'est un éditeur anglais qui me l'a demandée.

— Quand je pense qu'il y a deux ans, vous ne connaissiez pas un mot de français ! Rappelez-vous ce que je vous disais sur le bateau... Qu'il y avait une raison autre que le tourisme à votre voyage. C'était pour faire des traductions.

— Ne vous moquez pas. Je n'avais aucune culture. J'en avais honte... C'était la faute de mon père qui ne s'était pas occupé de moi.

— Comment va le joueur de golf ?

— Il est à Hyères, où il y a aussi un bon parcours, et il tape sur les petites balles. Il a pour bonne amie l'ancienne dame vestiaire du Carlton de Cannes. Il ne va pas très loin les chercher. Êtes-vous satisfait de moi ?

— Je suis fier de vous.

— J'ai souhaité être admirée par vous. Enfin, approuvée... Comme j'ai regretté mon comportement sur le bateau ! Nous aurions pu très bien nous entendre, j'en suis sûre.

Signer ensemble des traductions.

— Vous vous moquez toujours. Vous avez un ton... Comment dit-on : persifleur. C'est cela, persifleur. Un joli mot.

— Ah ! c'est merveilleux la traduction ! Pour le vocabulaire.

— Pourquoi employez-vous toujours ce ton-là ?

— Je ne sais pas.

— Moi, je sais. C'est pour vous protéger. Pour cacher vos émotions.

— Il est certain que l'annonce de votre mariage m'a donné une émotion. Si vous avez besoin d'une aide pour votre traduction, je suis votre homme. Naturellement, j'aurai un pourcentage.

J'allai chercher Jessica quai des États-Unis.

— Mais c'est le grand luxe ! lui dis-je quand elle vint m'ouvrir. La rampe de fer forgé, les vases d'albâtre éclairés de l'intérieur, et ces tableaux... Jordaens ou Rubens, ou quoi ?

— Cesse de regarder ces femmes nues, dit Jessy. Je vois que tu n'as pas changé ; tu es toujours un satyre.

Le salon était bourré de canapés et de fauteuils en bois doré. Partout il y avait des tapis, des glaces.

— Qu'en penses-tu ? C'est gorgieux, non ?

— C'est toi qui es gorgieuse, dis-je en lorgnant le décolleté de Jessy.

— Ne sois pas grossier, dit-elle. J'ai préparé un carafon de dry-martini. Et il y a des petits oignons confits. Manges-en, que je puisse en manger aussi. Et j'ai préparé des disques. Ceux que tu aimes.

L'air sautillant de *I walk my baby back home* se déroula.

— C'est féerique, dis-je. Simplement divin.

— Tu veux dire, paradisiaque.

— « Ô Lord, est-ce qu'il y a de la friture aujourd'hui ? »

— Viens danser, gros chat.

J'enlaçai Jessy et fis quelques pas dans le salon, entre les fauteuils. La joue de Jessy était brûlante sur ma joue et sa main, elle aussi, était brûlante.

— J'ai un rhume, dit-elle, et je crois que j'ai de la fièvre. Presque chaque soir je suis fiévreuse.

— C'est cela qui donne de l'éclat à ton regard. Tu es bien jolie... Est-ce qu'il est prudent de sortir ?

— Je ne veux pas passer la soirée ici !

— Tu sors tous les soirs ?

— Bien sûr. Il faut qu'il y ait tous les soirs quelque chose de nouveau. Un nouveau bistrot, une nouvelle boîte... Ce que j'aime, c'est la découverte ! Verse-moi du martini. Et cet air-là, tu t'en souviens ?

C'était l'air du *Troisième Homme.*

Jessy levait vers moi son regard brillant. Je

l'enlaçai. Elle m'enserra le cou de ses bras. J'eus sur ma peau sa peau brûlante. Je l'embrassai.

— Chère, chère Jessy, dis-je. Très chère Jessy... Je suis si heureux ! Je ne croyais plus que tu me laisserais t'embrasser... Je n'osais pas l'espérer. Comment peut-on être aussi heureux que je le suis en ce moment !

— Je t'ai toujours aimé, dit Jessy.

— Et moi, je t'aime plus que jamais. Vois comme nous nous entendons bien. Nous nous sommes toujours bien entendus, n'est-ce pas ?

— C'est avec toi que je me suis le mieux entendue.

— Comme c'est bon de se retrouver ! Tu le constates toi-même. On ne peut rien contre cela... C'est l'amour qui est le plus fort ! Chère Jessy, ma très chérie... Quelle joie tu me donnes ! Tu me disais que tu voulais me rendre heureux, rappelle-toi, eh bien ! je suis heureux plus que je ne l'ai jamais été... Je pensais que tu ne voudrais plus. Je me disais : « Elle a quelqu'un dans sa vie... ».

— Ne parle pas tant, dit Jessy. Embrasse-moi.

— Nous pouvons être encore très heureux, tu le vois. Cela ne trompe pas, cette force qui nous pousse l'un vers l'autre... Dis-moi, dis-moi que, toi aussi, tu es heureuse de m'avoir retrouvé. Parle-moi... Que ta bouche est bonne ! Que tu es bonne, mon amour chéri... Chère, chère Jessy.

J'étais à genoux et je pressais ma tête contre

ses cuisses. Je me relevai et embrassai la naissance de ses seins et j'embrassai sa bouche.

— Cesse maintenant, dit Jessy.

Après le dîner, nous allâmes dans la boîte de Montparnasse où le pianiste jouait dans le style de Charlie Kuntz.

— Je ne veux pas rester tard, dit Jessy. Je suis si fatiguée. C'est cette fièvre.

— Je vais te raccompagner, dis-je.

— Tu n'es pas loin de chez toi. Je peux rentrer seule.

— Non, non ! dis-je. Je vais te raccompagner.

Tu vas y passer, ma cocotte, me disais-je. Qu'est-ce que tu crois ? Agir avec prudence, me disais-je. Voir sans être vu ! Surprendre l'ennemi... Nettoyage de la tranchée à la baïonnette !...

J'entrai dans l'immeuble à la suite de Jessy. Dans la chambre, où s'allongeait le lit immense. Ne pas parler... Ne rien dire qui puisse l'indisposer... Elle se déshabilla, se coucha nue. J'attendis un moment pour me déshabiller à mon tour et la rejoignis. Je me mis contre elle et commençai à lui caresser les seins. Je les embrassai.

— Non ! s'écria Jessy, se soulevant à demi. Je vais aller ailleurs... Dans une autre chambre.

— C'est moi qui vais partir ! m'écriai-je. Pardonne-moi. Pardonne-moi si je t'ai déplu. Je me lève. Je vais dormir dans ce fauteuil, ainsi je n'aurai pas la tentation de te faire l'amour. Je ne te toucherai plus, si cela te déplaît... J'étais si heureux de te retrouver, tu as vu combien j'étais heureux ; il est tard, ne me chasse pas.

— Couche-toi près de moi, dit Jessy après un moment. Je suis si fatiguée, dit-elle.

— Dors ma chérie. Endors-toi dans mes bras.

Je la tins embrassée toute la nuit.

Au matin, je la caressai. Je vis qu'elle était réveillée. Elle ne me repoussa pas.

— Viens, dit-elle... Viens en moi. Ô Pierre, Pierre !

— Mon amour, mon cher amour.

— Tu es fier à présent, dit Jessy en affectant de me gronder. C'est cela que tu voulais ! Tu es content de toi, je le vois sur ta figure. Quelle gloire de triompher d'une faible femme !

— Pourquoi, hier soir, ne voulais-tu pas ?

— Je ne le sais pas moi-même. Je ne sais pas où j'en suis.

— Mais pourquoi m'as-tu laissé entrer chez toi ?

— Comment aurais-je pu t'en empêcher ? Tu sais bien que tu es un satyre.

— Je t'aime tant.

— Je suis mauvaise. Je ne veux pas te faire souffrir... Je ne peux pas rendre quelqu'un heureux. Levons-nous. Il ne faut pas que je sois en retard au bureau. Dis donc ! Tu es terrible ! Tu ne vas pas recommencer !

— Est-ce qu'il n'est pas simple d'être heureux ? De quoi as-tu peur ?

— De tout. De moi. Tu sais bien que cela ne peut plus être comme avant.

— Mais pourquoi ?

— Je ne peux pas le dire. Viens, j'ai envie d'un café crème et de croissants.

Je téléphonai à Jessy dans l'après-midi.

— Tu me manques beaucoup, dis-je. Est-ce que je ne te manque pas aussi un peu ?

— Si.

— Ne te mens pas à toi-même. Sois vraie envers toi-même. Est-ce que ce n'était pas une bonne soirée ? Est-ce que tu ne souhaites pas en avoir d'autres, semblables ?

— Je ne suis plus celle que j'étais il y a un an.

— Je le sais.

— Non, tu ne le sais pas. Je ne suis pas libre comme je l'étais alors.

— Mais tu aimes toujours être avec moi, c'est cela qui compte. Je pense à toi tout le temps.

— Il ne faut pas. Cela te fera du mal.

— Veux-tu que nous dînions ensemble vendredi ? Nous fêterons dignement nos retrouvailles. Je t'invite dans un restaurant chic. Tu as le choix.

— Oh ! oui, allons chez Maxim's. Je mettrai ma robe neuve. C'est le jour habillé, tu devras mettre ton smoking. J'ai un drink chez Malcolm, je t'y emmènerai d'abord et ensuite nous irons dîner. Que tu es gentil !

— Vendredi, c'est loin. Ne puis-je te voir avant ?

— Ne sois pas exigeant. Vendredi, je serai très gentille.

— Aussi gentille que ce matin ?

— Tais-toi, satyre. Viens me chercher chez moi vers huit heures et demie.

Je sortis de la cabine. Les gens, les choses se brouillaient devant mes yeux.

Jessy était sous les armes, un peu pâle, coiffée à l'ange, les épaules et les bras nus dans une robe du soir de tulle noir pailleté d'or.

— Que tu es chic ! dit-elle en m'accueillant. Viens dans le salon, que je t'admire. Tu es beau comme Artaban.

— Fier, dis-je.

— Non, beau.

— Comme tu voudras.

— Je suis flattée de sortir avec vous, monsieur...

— C'est toi qui es ravissante, dis-je.

— Ma robe te plaît ? dit-elle en marchant dans le salon comme un mannequin de maison de couture. J'ai encore de la fièvre, je le sais. C'est exaspérant !... Cela ira mieux quand j'aurai pris quelques verres. Oh ! ce soir, je veux m'amuser. Je ne veux boire que du champagne.

— Je n'ai jamais été chez Maxim's, dis-je.

— Cela te plaira beaucoup. On imagine les grandes cocottes de la Belle Époque en train de faire la noce. C'est alors que j'aurais aimé vivre, comme la Belle Otero, Liane de Pougy.

— Jess du Kentucky.

— C'est plutôt un nom d'entraîneuse dans un saloon du Far West.

— Et « the Honorable Miss Rebecca-Sloane », fille du duc d'Omnium ? Tu aurais été la maîtresse du prince de Galles. Mais qui t'a appris ces noms de demi-mondaines ?

— Cela t'étonne que je sache des choses que tu ne m'as pas apprises ? Il y en a bien d'autres.

— Qu'as-tu fait depuis lundi ? Moi, je ne peux pas rester aussi longtemps sans te voir.

— Ne me pose pas de telles questions, Pierre ! Je ne peux supporter l'idée de devoir rendre des comptes à quelqu'un.

Nous sortîmes à la recherche d'un taxi. Il n'en passait pas beaucoup à cette époque, à une telle heure, dans ce quartier de la ville. Un brouillard nous enveloppait.

— Nous ne pouvons continuer à marcher ainsi, dis-je. Tu vas prendre froid.

— Oui, dit-elle. J'ai froid. Et, en même temps, je suis brûlante.

— Entre dans ce café, je vais grimper jusqu'à la place de Passy où il y a une station de taxis.

Un quart d'heure plus tard, je retrouvais Jessy, debout devant le bar, buvant une fine.

— C'est la deuxième, dit-elle. J'allais en commander une autre. Tu as failli me trouver ivre.

— Je croyais que tu ne voulais boire que du champagne.

— C'est de la fine champagne.

Malcolm habitait à Montparnasse, dans un ancien bar.

— Tout le monde est parti, dit-il. Je ne

t'attendais plus, ma chérie. Il n'y a que trois copains. Tu les connais.

Près du bar se tenait un garçon aux cheveux de paille, vêtu avec recherche. Il parlait le français presque sans accent. Il y avait un autre Américain, plus petit, aux manières efféminées. Le troisième invité était un Français aux cheveux très noirs, plus âgé que les deux autres.

— Viens mon amour, dit le Français en posant sa coupe. Ma parole, tu es en peau ! Je parie que tu vas dîner chez Maxim's.

— Ce que tu es belle, dit l'Américain aux cheveux de paille. C'est un modèle de chez qui ? Attends, ne dis rien, je vais deviner... Jean Dessès.

— Je te l'ai dit l'autre jour, dit Jessy.

— Ça fait « dame », ce noir, ces paillettes... Tu devrais être toujours en blanc.

— Trop virginal pour notre Jess, dit le Français.

Ils pouffèrent tous les quatre et Jessica rit avec eux.

— Pourquoi te vieillis-tu ainsi ? continua les cheveux de paille.

— Parce que j'ai pris un coup de vieux, dit Jessy.

— Avec la vie que tu mènes !

— Ce n'est pas à toi de me la reprocher, dit Jessy. Tu en profites assez.

— Tu as raison ma beauté. Viens que je t'embrasse.

— Attention à ma robe ! s'écria Jessy en s'écartant de lui. Ne fais pas attention, Pierre, dit-elle, tournée vers moi. Ce sont des Américains pervertis par Paris.

— Tandis que toi, tu es restée pure, dit l'autre Américain.

— Tiens bébé, dit Malcolm en tendant à Jessy une coupe de champagne. C'est du bon.

— C'est pour toi, Pierre, dit Jessy en me passant la coupe. Tout va bien ? ajouta-t-elle. Il y avait une inquiétude dans son regard.

— Très bien, dis-je en élevant la coupe comme pour un toast.

— Et ton patron ? dit l'Américain. Il veut toujours coucher avec toi ?

— Il sait qu'il n'a aucune chance, dit Jessy.

— C'est un fou, dit les cheveux de paille. Un fou et un mythomane. Il demande à tout le monde ce qu'on pense de lui. Il veut qu'on l'admire et qu'on l'aime. Et qu'on le lui dise sans arrêt. Il se croit un génie parce qu'il a eu deux ou trois idées de publicité... Notre Jess résiste assez bien. Mais elle devra passer à la casserole, comme les autres.

— Je ne passerai pas à la casserole, dit Jessy.

— Alors, tu perds ton job.

— A deux heures du matin, après quelques verres, dis-je.

— Quoi ? dit Jessy.

— Ton ami te connaît bien, dit les cheveux de paille.

— Vous êtes tous des satyres, dit Jessy. On ne m'a pas comme cela.

— Ne te vexe pas, bébé, dit Malcolm. Et bois du champagne.

— Tu ne les a pas aimés, dit Jessy dans le taxi qui nous emportait vers la rue Royale. Ils sont gentils pourtant. Malcolm, je le connais depuis que je suis arrivée à Paris. Je ne le vois plus beaucoup... Le grand blond travaille chez un couturier ; Roger, le Français, aussi. Pourquoi avais-tu ton air sévère ? Tu n'as pas desserré les lèvres.

— Je ne trouvais rien à dire.

— Au fond, tu es un timide. On va boire un peu pour te mettre en forme. N'oublie pas, c'est *notre* soirée. Nous célébrons ton retour. Tu vas voir comme Maxim's est amusant.

— Bonsoir, mademoiselle, dit la dame du vestiaire en aidant Jessy à ôter son manteau.

— J'ai une bonne table pour vous, dit le maître d'hôtel, venu au-devant de nous.

— Tu es connue ici, dis-je, quand nous fûmes installés. A ton avis, qui sont ces gens, en face de nous ? Ils sont américains, c'est évident... Lui est un ancien de Yale. La coupe de cheveux est typique. Membre de l'équipe d'aviron.

— Plutôt Harvard. M.I.T. Il est avocat à New York.

— Non. Ils sont de Pittsburgh. Le père a des usines qui fabriquent un objet vulgaire dont on ne parle pas dans la famille. On n'en rougit pas, mais on n'en parle pas. Ce n'est rien, cet objet, un gadget quelconque... Mais on ne peut pas le nommer.

— Est-ce quelque chose d'infamant ?

— Non. Ce n'est pas glorieux mais ce n'est pas infamant.

— Est-ce quelque chose qui intéresse la vie domestique ? Un tire-bouchon ?

— Non, ce n'est pas un tire-bouchon. Et d'ailleurs, un tire-bouchon est un objet noble.

— Une cocotte-minute ?

— Je te l'ai dit : on n'en parle pas ; on fait comme s'il n'existait pas.

— On ne saura donc jamais ce qui sort de l'usine paternelle.

— Le fils a honte de cette source impure de sa fortune et, pour compenser, il voyage en Europe et collectionne des éditions de luxe. Des éditions d'auteurs latins de la décadence. Je parie qu'ils sont en train de jouer au même jeu que nous. A ton avis, qu'est-ce qu'ils disent ?

— Un magnat du cinéma qui sort une jeune star à qui il vient de signer un contrat. Pour un film sur Diane de Poitiers. Avec le maréchal Bonnivet.

— C'était un amiral.

— Comment, un amiral ? Mais alors, toute notre visite à Fontainebleau a été ratée. Tant pis. Pour moi, tu seras toujours « Marshal Bonnivet » !... Le général Marshall, lui, est bien un général !

— Le bienfaiteur des jeunes Américaines. Et toi, qui es-tu ?

— Comment, qui je suis ?

— Rappelle-toi. La fille... Tu es la fille...

— « ... La fille de vaisselle, dit Jessy en riant. Mon corps est laid, mon âme est belle... » Qu'est devenu Amaury ?

— Toujours médecin d'usine. Toujours célibataire.

— J'aimerais le revoir. Vous m'amusiez tellement, tous les deux...

Un serveur à barbiche blanche, déguisé en Turc d'opérette, turban, falzar, boléro soutaché d'or, vint nous servir le café d'un Cona.

— Tu dois lui donner un pourboire, dit Jessy.

Je m'exécutai et comme je tendais la pièce au Turc, celui-ci me saisit la main et fit mine de vouloir la baiser. Je retirai la main en hâte.

— Ne prends pas cet air choqué, Pierre. Est-ce qu'il n'est pas gentil, ce petit vieux ? Commande du champagne, la bouteille est vide. Oh ! que je m'amuse ! Je suis heureuse. Je pourrais sortir ainsi tous les soirs.

— Que trouves-tu ici ? Qu'est-ce qui te plaît ? A quoi penses-tu ?

— Toi, tu ne penses qu'à une chose. Tu te demandes si tu coucheras avec moi cette nuit. Ne mens pas. Eh bien ! moi, je ne me le demande pas. Je n'en sais rien.

— Tu aimes cette vie ?

— Mais oui ! J'aime ces lumières, le champagne... Je sais bien que cela ne durera pas... Ce que je voudrais, c'est pouvoir voyager davantage. J'ai été en Italie, l'été dernier, j'ai enfin connu le baroque. C'est Amaury, tu te rappelles, qui voulait me faire connaître le baroque. Rome, Naples, la Sicile... L'été prochain, j'aimerais aller en Grèce.

— Tu t'éloignes de plus en plus du Kentucky.

— J'y reviendrai toujours assez tôt, dans le Kentucky. Mais parfois, il me manque.

— Mais tu préfères le champagne au mint-julep.

— Le maître d'hôtel nous oublie. Dis-lui de remplir ma coupe, que je puisse boire à ta santé. Et à la mienne, qui n'est pas trop bonne.

— Qu'est-ce que tu as ?

— Ne parlons pas de cela. Fais-moi danser.

Nous dansâmes jusqu'à quatre heures du matin.

— Mon pauvre Pierre, dit Jessy quand nous nous trouvâmes sur le seuil du restaurant, tandis que le portier appelait un taxi, tu t'es ruiné. Je ne mérite pas tout ce que tu fais pour moi. Tu es un ange.

J'entrai à la suite de Jessy dans l'immeuble du quai des États-Unis, puis dans l'appartement.

— Je suis morte, dit Jessy (je m'étais attendu à cette plainte ; elle n'augurait rien de bon). Aide-moi à retirer ma robe... Tire sur la fermeture Éclair, dans le dos. Sens-tu comme ma peau est brûlante ? Oh ! je n'ai pas le courage de ramasser ma robe... Jette-la sur le fauteuil.

Elle se coucha toute nue et se pelotonna à une extrémité du lit.

— Bonsoir, Pierre, mon chéri. Merci pour cette bonne soirée, dit Jessy. Pardonne-moi si je m'endors tout de suite. Tu peux te mettre dans le lit, si tu veux, mais laisse-moi dormir.

Je me mis à l'extrémité opposée du lit et cherchai le sommeil.

Au matin, je me rapprochai de Jessy. Je la caressai. Elle se laissa faire.

— Non ! Non ! dit-elle soudain en me repoussant. Je ne veux pas.

Elle s'était dressée. Elle se leva, se dirigea vers la salle de bains. Elle revint vêtue d'une robe de chambre bleue, d'un somptueux tissu broché.

— Tu ferais mieux de te calmer, dit-elle. Mets-toi sous la douche. Et habille-toi. J'ai besoin d'être seule. Je dois téléphoner. Il est dix heures et des amis vont passer me prendre pour m'emmener en week-end. Ne me touche pas ! s'écria-t-elle en reculant devant moi. Cela ne me fait aucun effet de te voir excité ainsi, si c'est ce que tu espères. Habille-toi et va-t-en. Sans cela, je ne te revois plus.. Tu n'as aucun droit sur moi.

Elle me tourna le dos, s'enferma dans la salle de bains.

Je ne m'étais jamais trouvé dans la rue, en smoking, à onze heures du matin. Ma chemise fripée me gênait ; le pantalon lui aussi était fripé. Sous mon imperméable au col relevé, nu-tête, pas rasé, les chaussures vernies déjà souillées de boue, je devais avoir l'air d'un clochard. J'avais quitté l'appartement de Jessy sans lui dire au revoir. Je marchais le long du quai. Sur le fleuve, une péniche glissait. La température s'était adoucie et une pluie fine tombait, poissant mes cheveux. Je passai sous le pont aérien et son entrelacs de poutrelles de fer. Je reconnus le café où, dix jours plus tôt, j'avais pris un café crème avec Jessy. J'étais heureux alors et je ne l'étais plus.

Je marchais le long du quai. Le fleuve, les maisons, les jardins sur l'autre rive, la tour Eiffel, tout était noyé dans un brouillard opaque. L'air frais, la pluie fine me faisaient du bien. Sur le Cours-la-Reine, je fus dépassé par un peloton de gardes républicains à cheval, coiffés du casque à crinière. Les basques des tuniques à retroussis rouge se soulevaient au trot des chevaux. Sur ma droite, d'autres péniches passaient sur l'eau noire du fleuve.

J'étais arrivé au pont Alexandre III. La rue de Bourgogne n'était pas loin et j'eus l'idée, l'heure était décente pour sonner chez les gens, d'aller rendre visite à Sarah Melvin.

— Vous faites la noce ! dit Sarah Melvin. Cela ne vous va pas très bien.

— Je m'ennuie.

— Cela ne vous va pas non plus très bien.

— C'est Paris qui ne me va pas. Heureusement, je vais repartir. Je vais en Californie passer l'été. Vous venez avec moi ?

— En Californie ? Je me plais bien ici.

— C'est le baron qui vous retient ?

— Peut-être... Mais, de toute façon, je reste à Paris. J'y ai maintenant tous mes amis. Savez-vous ce que l'on m'a dit ? Jessy, votre petite amie d'autrefois, sort avec un homme marié. Un homme politique. On les voit souvent ensemble. Est-ce que vous la voyez toujours ?

— Non, dis-je. Il y a longtemps que je ne l'ai pas vue.

— Vous étiez très amoureux d'elle. Je n'ai jamais compris pourquoi. Elle est jolie mais un peu inconsistante, non ? Pas très digne de vous.

— Qu'est-ce que cela veut dire ? Est-ce qu'on aime quelqu'un parce qu'on *devrait* l'aimer ? Les qualités et les défauts de la personne n'y sont pour rien. C'est le hasard qui fait tout cela... C'est pourquoi j'aime voyager. On se confie au hasard. Il fait bien les choses... Est-ce que le baron est digne de vous ?

— Ma remarque était stupide. Tout à l'heure, je vous ai menti, dit Sarah Melvin. Je me marie le mois prochain.

— Voilà une grande nouvelle ! Vous m'invitez à la noce, j'espère !

— Elle n'aura pas lieu à Paris, mais en province.

— Dans votre château ? Que dit le joueur de golf ?

— Il est en Égypte et je ne crois pas qu'il fasse le voyage pour assister à la cérémonie.

— Je vous souhaite beaucoup de bonheur.

— Bonne chance à vous aussi, Pierre. Téléphonez-moi. Faites-vous quelque chose demain soir ? Dînons ensemble. Il n'y a pas de raison pour ne plus se voir.

— Bien sûr, dis-je. Il n'y a pas de raison.

Sarah Melvin se maria au mois d'avril. Elle alla habiter Neuilly.

Je ne cherchai pas à revoir Jessy. Elle aussi, je

l'appris par Malcolm, rencontré au concert, déménageait. Elle quittait le quai des États-Unis, trop grand pour elle, et revenait sur la rive gauche. En ce temps-là, les gens ne parlaient que d'appartements. C'était le sujet principal des conversations. Des femmes du monde faisaient visiter des appartements. D'autres les louaient et vivaient à l'hôtel de leur revenu. Plus tard, les maisons de campagne devinrent le sujet favori, débattu dans les salons. Mais à cette époque-là, huit ans après la guerre, c'était encore les appartements.

Je sortais presque chaque soir avec Amaury. Nous allions dîner dans des restaurants proches du Trocadéro. Nous mangions des œufs mayonnaise et du rumsteck et buvions du beaujolais, nous surveillant de coin de l'œil pour voir si l'un ne buvait pas un verre de plus que l'autre.

— Et la jeune personne ? dit Amaury, un soir. Elle n'est pas à Paris ?

— Si, dis-je. Je pense que si.

— Mais alors, il faut la revoir ! Je la trouvais délicieuse.

— Elle l'est toujours.

— Qu'attends-tu pour lui téléphoner ?

— Je me retiens de le faire.

— C'est une politique ? Qu'est-ce que tu espères ?

— Je ne sais pas. Rien. Je pars dans trois semaines.

— Qu'est-ce qu'elle fait à Paris ? Qu'est-ce qu'elles font toutes ? Qu'est-ce qu'elles trafiquent ? Peux-tu me l'expliquer ? Elles ne se plaisent pas chez elles ? C'est pourtant mieux qu'ici, non ? Il y a des Cadillac, du chewing-gum... Qu'est-ce qu'elles peuvent bien trouver dans cette sacrée ville où il est impossible de se loger ?

— Elles trouvent à se loger.

— Mais quoi ! Nous sommes fatigués. Nous ne faisons même plus de bons amants. Voilà une réputation usurpée, celle qu'on nous fait à l'étranger. Nous sommes des bourgeois fatigués, et nous n'avons pas d'appartement. Si je voyais la jeune personne, je lui dirais de rentrer chez elle le plus tôt possible.

— Je le lui ai dit.

— Mais toi, tu es responsable de leur présence ici. Tu es un collabo, vendu à l'Amérique. Tu... Mais, dis-moi, est-ce qu'elles cherchent à se faire épouser, elles aussi ?

— Il y en a. Tu as des chances, avec ton prénom et ta particule.

— Ça fait encore de l'effet, ce machin-là ?

— Il y a quelques snobs. En général, elles se marient très tôt, dès la fin de leur dernière année de collège. Ou bien alors, tard, quand elles ont amorcé une carrière. Elles divorcent. Une fois, deux fois...

— Comme ici, alors ?

— Plus souvent qu'ici. Et sans rendre de comptes à personne. A la .vérité, ce qu'elles veulent, c'est jouir. C'est à cela qu'on les a préparées, dès leur enfance. Leurs corps sont des machines à jouir. Elles le lavent à longueur de journée, elles le poncent, l'épilent, l'exercent à la nage, à la course... Elles le lubrifient avec des liquides variés, le jus de pruneaux, le martini-dry... Merveilleuses machines bien huilées, toutes neuves, qui démarrent au quart de tour, des pur-sang nourris d'herbe bleue.

— Et la jeune personne, c'était tout cela ?

— Tout cela. Et bien d'autres choses encore. Mais déjà elle a perdu la forme, elle a été abîmée par l'Europe.

— Téléphone-lui. Dînons avec elle un soir.

— Bon. Je vais le faire.

Je ne téléphonai pas et repartis sans avoir revu Jessy.

V

Je voyageais.

Je revenais toucher barre à Paris et y passais quelques mois dans l'appartement de la rue d'Alésia, avec les lions. Je ne savais plus rien de Jessy. Je m'attendais parfois à la rencontrer dans un bar, un restaurant que nous avions fréquentés ou à la sortie d'un cinéma. Mais je ne la rencontrais jamais. Je n'avais pas revu Sarah Melvin depuis son mariage.

Un jour de la fin de l'hiver, j'allai sur la Côte d'Azur chercher un bateau pour les vacances de l'été et je m'arrêtai à Cannes. J'avais quitté Paris sous la pluie. Assis à la terrasse d'un café, sur la Croisette qui était presque déserte, je buvais à petites gorgées un pastis, le visage tourné vers le soleil, quand je vis passer devant moi une voiture anglaise décapotée, rutilante de tous ses chromes, une Daimler noire et grise qui glissait sur l'asphalte comme une barque haute sur l'eau et, juchée sur le siège avant comme une reine au sommet d'un char de carnaval, Jessy entre deux hommes. Elle tourna la tête et j'eus la conviction qu'elle m'avait vu, mais elle ne montra aucun signe de surprise ni de reconnaissance.

Je me levai, me dirigeai vers le Casino. La Daimler était arrêtée au bord du trottoir, devant un magasin de luxe. Par la vitre de l'étalage, je vis Jessy et ses compagnons qui faisaient des achats. Jessy essayait des foulards devant une glace. Elle portait un manteau de léopard. Je la trouvai plus grande qu'elle n'était restée dans mon souvenir. Sa coiffure avait changé. Elle avait laissé repousser ses cheveux. Elle sollicitait tour à tour l'avis des deux hommes, avant de fixer son choix. Le plus jeune riait, s'emparait des foulards, les nouait autour de son cou. L'autre avait un visage ridé et tanné de vieux noceur cuit par l'alcool et le soleil, des poches sous les yeux, un visage comme on en voit aux Anglais qui vivent tout l'hiver sur des voiliers, ancrés dans le port. Jessy se pencha vers lui et l'embrassa au coin des lèvres et je me dis qu'il était son amant, son mari peut-être ? Je m'éloignai.

Le soir même, devant le Carlton, je revis la Daimler noire et grise. Je traversai la terrasse déserte pour aller au bar illuminé et comme j'allais m'engager dans la porte à tambour, j'aperçus Jessy assise à une table, en compagnie du vieux noceur. Une femme était avec eux. Je ne l'identifiai pas tout de suite, bien que son visage me fût connu. Une bouteille de champagne dans un seau à glace était posée sur la table. Tous trois buvaient et riaient. Dans les yeux de Jessy, il y avait une lueur d'excitation et de plaisir que je connaissais bien. Le manteau de léopard était jeté sur le dos du fauteuil. Soudain, je revis la femme derrière le bar de cette boîte, près du port, où j'étais allé trois ans plus tôt en compagnie de Jessy et de Malcolm : c'était la mère maquerelle qui trafiquait des petites filles du pays.

Une jeune femme en manteau de cuir noir parut à la porte du bar donnant sur le hall. Elle traversa la salle, se dirigea vers la table de Jessy. En passant devant le bar, elle fit un signe d'intelligence au barman, comme une habituée des lieux. Elle resta debout, le temps des présentations, et s'assit en écartant le pan de son manteau de cuir noir. Le serveur apporta une coupe, la remplit de champagne. Jessy tendit à la jeune femme l'assiette contenant des pommes chips, puis celle contenant des olives. Elle ôta le papier qui recouvrait la tête du fouet à champagne et proposa celui-ci à l'invitée. La jeune femme acceptait d'un air indifférent ces marques d'attention. Bientôt, Jessy et elle se mirent à bavarder, à se parler à l'oreille, sans se soucier de la présence des deux autres. La main de Jessy se posa sur l'avant-bras de sa voisine. La mère maquerelle souriait, contemplant d'un air satisfait le couple des jeunes femmes.

L'histoire du champ, près de Rebecca-Sloane, me revint à la mémoire. Je me rappelai les confidences de Ruth, la camarade de chambre de Jessy, sur les « fêtes » qui s'y déroulaient ; la gêne de Jessy quand j'avais insisté pour obtenir des détails ; ses réticences ; les allusions de Sarah

Melvin au comportement de Jessy dans sa vie parisienne et je me dis que j'avais tout ignoré de cette femme que j'avais cru bien connaître ; que je n'avais rien deviné, rien su et que l'on ne pouvait jamais rien deviner, ni rien savoir.

La mère maquerelle se leva, salua ses hôtes et s'en alla, après avoir flatté de la main la joue de la fille au manteau de cuir noir. Je vis l'homme au visage de vieux noceur sortir son portefeuille pour régler l'addition. Je quittai alors mon observatoire, redescendis sur la Croisette et, debout derrière un palmier, surveillai l'entrée de l'hôtel.

Les deux femmes apparurent, suivies de leur compagnon. Tous trois s'installèrent sur le siège avant de la Daimler, dont la capote avait été relevée, la fille entre Jessy et le conducteur. La voiture s'éloigna, vira de bord, repassa devant moi et prit la direction d'Antibes.

Le lendemain soir, j'étais assis au bar du Casino, le dos à la porte. Au mouvement de tête que fit le barman, je compris qu'un client venait de paraître sur le seuil. Il y eut un échange de répliques en anglais. Je devinai un couple qui passait derrière moi, précédé du maître d'hôtel. Me détournant à demi, je reconnus le compagnon de Jessy et ne doutai pas que ce fût elle, que je voyais de dos, qui le précédait. Ils s'installèrent à une table proche. J'entendis l'homme commander du champagne, après avoir hésité entre plusieurs marques. Je restai à demi couché sur le bar, buvant mon whisky à petites gorgées, l'oreille tendue dans l'espoir de saisir les propos des nouveaux venus. J'entendis déboucher la bouteille, remplir les verres. J'entendis le déclic d'un briquet. Jessy demeurait silencieuse, ainsi que son compagnon. Je sentais comme une brûlure entre les omoplates. Ils continuaient à se taire. Ce silence dura longtemps.

D'un coup je me retournai, descendis du tabouret. Je fis un pas et me trouvai devant la table de Jessy. Elle leva les yeux vers moi, parut troublée.

— Veux-tu danser ? dis-je.

— Non, dit-elle.

Le vieux noceur au visage couleur brique me regardait avec sympathie, comme s'il était heureux d'avoir trouvé un compagnon pour boire. Il fit un geste pour m'inviter à sa table. Ses yeux clairs, qui par instants se fermaient, étaient ceux d'un homme à moitié ivre.

— Présente-moi, dis-je à Jessy.

Elle prononça mon nom, celui de son compagnon, que je ne compris pas.

L'homme fit un effort pour se lever. D'un geste, je le priai de rester assis. Nous nous serrâmes la main, par-dessus le seau à champagne. Il se tourna vers Jessy, quêtant un avis sur la conduite à tenir.

— Vraiment, dis-je, tu ne veux pas danser ?

— Non.

— Mais pourquoi ?

Sans répondre, Jessy se tourna vers le vieux noceur, une cigarette à la main, demandant du feu.

Je me retournai vers le bar avec une soudaineté égale à celle que j'avais mise, un instant plus tôt, à m'en détacher. L'image du couple que formaient Jessy et son compagnon restait devant mes yeux. Elle dominant le vieux noceur aux joues ridées, tassé sur son siège, un mouchoir de soie sortant de la poche de son blazer à boutons dorés serré sur son torse étroit, des boutons d'or retenant les manchettes de sa chemise — et il avait aussi une bague en or, une bague d'évêque à un doigt de sa main tavelée, qui jouait avec un briquet en or... Qu'est-ce qu'elle peut bien lui trouver, à ce vieux fêtard, pensai-je. Bien sûr, c'était son argent, son or, il devait aussi en avoir plein la bouche, il suait l'argent par tous les pores, l'argent, l'or, c'était la vie gracieuse, les dîners fins, les vins fins, les parties fines, les boutiques de luxe, enfin quoi, tout ce qu'elle aimait, ce collier de perles, ces écharpes, c'étaient des cadeaux du noceur. C'étaient les grands hôtels, la Côte d'Azur l'hiver, en Daimler, un voilier peut-être dans le port, une goélette canadienne, ou bien un ketch avec deux marins d'équipage et des plaisirs plus rares que ceux que nous avions pris ensemble et qui étaient, en somme, fort simples, banals, naturels quoi ! Elle n'avait peur de rien, alors ça vraiment pas, elle connaissait des tas de trucs, et depuis longtemps, depuis les « orgies » de femmes dans le champ de Nouvelle-Angleterre, plus rien à lui apprendre, moi qui croyais... Ces Américaines, quand elles s'y mettaient, on pouvait dire, et il n'y avait que moi à pouvoir apprécier, moi, seul témoin, c'était dommage, c'était à raconter, l'ascension de Jessy, la vie et les amours de Jess du Kentucky, cela devrait se chanter comme une ballade avec accompagnement de guitare, devant un feu de bois, il y avait de quoi raconter, de quoi rêver et peut-être un jour... Je vidai mon verre, payai, m'enfuis sans un regard pour Jessy et son papa gâteau. Je parcourus la Croisette sur toute sa longueur. Je marchais à grands pas, la tête tournée vers la mer. Je laissais entrer en moi l'air du large et le bruit du ressac sur la plage.

Rentré à Paris, j'allai dîner chez Mrs Fiori-Wood. J'y trouvai Sarah Melvin. Elle portait à présent le nom français de son mari et on lui donna le titre de baronne au cours des présentations.

— Occupez-vous d'elle, dit Mrs Fiori-Wood. Elle le mérite. Ah ! oui alors... Et vous pouvez lui faire du bien. Elle traverse une épreuve difficile.

— Quelle est cette épreuve ? demandai-je à Sarah un instant plus tard.

— Je divorce, dit-elle. J'ai encore droit au nom et au titre de mon mari, tant que le divorce n'est pas prononcé, n'est-ce pas ? D'ailleurs, je crois que je garderai l'un et l'autre. Ils me plaisent. Je n'ai pas envie d'en changer.

— Est-ce pour les avoir que vous vous êtes mariée ?

— Ma foi, c'est bien possible ! s'écria Sarah Melvin en faisant entendre son rire éclatant. Car je ne comprends pas ce qui m'a poussée à faire cette bêtise. J'ai tenu près de deux ans. Tous mes amis m'assurent que c'est une performance exceptionnelle. Le baron ne veut rien savoir pour me verser une pension, mais je suis décidée à l'obtenir. On me dit que c'est plus difficile, ici, qu'en Amérique ? Je trouve mon avocat trop conciliant ; je crois que je vais en changer.

— Allez-vous rentrer à New York ?

— Je ne connais personne à New York, dit Sarah. J'y ai passé deux mois, l'hiver dernier, et m'y suis ennuyée à périr. Les Américains ne m'amusent pas. Je ne sais quoi leur dire.

— Les Français ne semblent pas vous avoir mieux réussi.

— Tous les Français ne sont pas comme le baron, Dieu merci ! J'ai réintégré mon appartement de la rue de Bourgogne. Vous savez que j'avais pu le garder en le sous-louant à des amis. Bien m'en a pris !

Deux jours plus tard, je retrouvai Sarah Melvin pour aller voir un film. Je l'emmenai souper après le spectacle.

— Racontez-moi votre mariage, dis-je.

— Vous êtes toujours aussi curieux, dit Sarah. Aussi curieux que sur le bateau. Mon mariage a été raté, et je l'ai su dès le début Savez-vous pourquoi ? Je me demande si je peux faire cette confidence. Ma foi, tant pis ! Le baron était... disons, mal pourvu. Je veux dire, pas assez... Enfin, quoi, il était trop petit. Trop petit ! Trop petit ! répéta-t-elle avec un éclat de rire.

— Vous ne vous en étiez pas aperçue avant ?

— Je pensais qu'il y avait de ma faute. Que cela s'arrangerait.

— Je ne vois pas comment !

— Je veux dire : je croyais que c'était une maladresse temporaire ! Que c'était ma faute, je vous l'ai dit... Et le baron s'est montré si pressant.

— Et vous aviez des moyens de comparaison ?

— Naturellement. Pas pendant mon mariage. Mon mari ne peut rien me reprocher, je lui ai été fidèle. Mais il manquait d'imagination. C'était toujours le matin, je dormais encore, je n'y prenais aucun plaisir. Tous les matins, je devais subir cette corvée. Et quand c'était le soir, cela ne me faisait pas grand-chose non plus. Il voulait que nous ramenions des filles chez nous.

— Vous aussi ?

— Comment, moi aussi ?

— Est-ce une mode ? Un jeu nouveau ? Je connais d'autres jeunes femmes... Enfin, tout le laisse croire. Vous n'avez pas cédé ?

— Bien sûr que non. Ce n'est pas que je manque de curiosité. Mais cela me révoltait. En tout cas, pas avec le baron.

— Parce qu'avec un autre ?

— Non, non ! Mais sait-on de quoi l'on est capable ?

— Voulez-vous que je dise au taxi de faire un tour du côté de l'Étoile ?

— En voilà une idée ! Je suis près de chez moi. Faites arrêter le taxi.

— Mais il y a encore un bout de chemin à parcourir. Et il pleut.

— Je préfère descendre ici.

— Je descends avec vous.

— Non, dit Sarah Melvin. Gardez le taxi et rentrez chez vous. Je préfère faire le reste du chemin à pied.

— Je vais vous accompagner.

— Non, vous dis-je. N'insistez pas. Téléphonez-moi demain.

Deux jours plus tard, la scène du taxi se répéta.

— Je comprends que vous soyez surpris que je me fasse arrêter à deux cents mètres de ma porte, dit Sarah Melvin. Mais voilà : je préfère ne pas être raccompagnée. Naturellement, je ne peux recevoir aucun homme chez moi. Mon avocat me l'a bien recommandé. Le baron peut chercher à me surprendre et alors je devrai faire mon deuil de la pension alimentaire.

— Comment, vous surprendre ?

— Par des détectives privés.

— Vous lisez trop de romans policiers.

— J'ai remarqué plusieurs fois un homme, sur le trottoir d'en face. Je suis sûre qu'il surveille mes allées et venues. L'autre jour, on est venu sonner à ma porte. C'était un détective. Je n'ai pas ouvert.

— Alors, comment le savez-vous ?

— Je le sais. Je n'oserais même pas aller chez vous. D'ailleurs, vous ne me l'avez pas proposé.

— Je ne vous l'ai pas proposé parce que je ne peux vous recevoir dans un décor qui paralyse l'imagination.

— Je me moque bien du décor !

— Pas moi.

— Allons à l'hôtel. Moi aussi je n'en puis plus de cette situation. Toutes vos questions, ce flirt, tout cela m'a excitée ! Il est temps de passer aux actes. Il y a longtemps que nous aurions dû le faire.

— Je ne connais pas d'hôtels.

— Il y en a plein Paris. Renseignez-vous.

— Écoutez, dis-je. Cette histoire de détective est absurde. Allons chez vous.

— C'est impossible.

Mais un jour que nous avions déjeuné ensemble, Sarah dit :

— Je rentre. Venez me rejoindre.

— Vous n'avez plus d'inquiétude ? Vous ne pensez plus être surveillée par un détective ?

— Je n'en sais rien et je m'en moque. Est-ce vous, à présent, qui avez peur ?

— Non, mais...

Sarah m'avait communiqué ses craintes. Je me voyais mitraillé à bout portant par le flash d'un appareil photographique ; interrogé par la police... Merci bien ! pensais-je. Qu'a-t-elle besoin d'une pension alimentaire ! Nous ne sommes pas en Amérique, ici. Ça ne se fait pas, ici. Et le baron, le pauvre, obligé d'hypothéquer ses terres, de vendre son château. La noblesse est foutue. C'est elle, sans doute, qui est frigide.

Voilà bien les femmes, voilà comment elles nous trahissent !

— Alors ?

— Je serai chez vous dans une demi-heure, dis-je.

— Passez sans vous arrêter devant le concierge, qui me surveille.

— Lui aussi ?

— L'escalier est dans la cour, à gauche, après la voûte.

La porte de l'appartement était entrouverte et Sarah, embusquée derrière, guettait ma venue. Quand j'eus franchi le seuil, elle donna deux tours au verrou de fermeture, un tour de clef dans la serrure et, se baissant, ferma un second verrou, placé au bas de la porte.

— Vous n'avez rencontré personne ? demanda-t-elle. Avez-vous vu le concierge ?

— Non, dis-je. Il y a un moyen de s'assurer les bonnes grâces d'un concierge. C'est de lui graisser la patte.

— Quoi ! s'exclama Sarah Melvin en riant. Je ne saurai jamais le français ! « Graisser la patte » : je ne connaissais pas l'expression. Je suppose que cela veut dire : donner de l'argent ? Eh bien ! non. Je ne lui ai pas « graissé la patte ». Il faut toujours donner de l'argent, en France, si l'on veut quelque chose.

— Surtout si l'on veut en obtenir.

— Je ne veux que ce qui m'est dû.

— Sans doute. Mais je vous conseille d'arroser le concierge.

— Je l'arroserai, le graisserai !... Mais le

baron l'a sûrement fait avant moi. Venez, ne restons pas devant la fenêtre. On voit tout de l'appartement d'en face, la cour est étroite.

— Le baron a-t-il loué l'appartement d'en face pour vous surveiller, vous surprendre au téléobjectif ? La cour est-elle remplie de détectives ? Y en a-t-il sur les toits ? Dans les arbres ?

— Ne vous moquez pas de moi. Il est inutile de s'exposer.

Sarah Melvin tira les rideaux.

— Voulez-vous boire quelque chose ? dit-elle.

— Non, merci.

— Pardonnez-moi. Je me sens nerveuse... Vous voyez, c'était une erreur.

— Vous souvenez-vous du jour où je suis venu vous rendre visite à midi, en smoking ? C'était ce jour-là que nous aurions dû...

— Vous faisiez piteuse figure.

— Vous avez le soleil le matin ? Ces vieux immeubles ont beaucoup de charme. Celui-ci doit dater du Directoire... Il y en a beaucoup dans le quartier. C'est un quartier qu'on aimerait habiter... Vous avez eu de la chance...

— Je m'y suis toujours plu.

— En dépit du concierge ?

— *Damned* the concierge ! Oublions-le. Venez près de moi.

Tout fut rapide, d'un côté comme de l'autre.

— Nous avons trop attendu, dit Sarah Melvin. Mais c'était agréable, n'est-ce pas ? Il faudra recommencer.

Je partis, nanti d'instructions pour dépister concierge et détective.

Je sortis souvent avec Sarah Melvin, ce printemps-là. Je l'accompagnai au théâtre. Elle chercha à m'entraîner dans le cercle de ses relations, à me faire inviter à des dîners, mais vit que je n'en avais pas le goût. Je préférais la voir seule.

— J'ai appris quelque chose qui m'a rassurée, dit-elle un jour. On ne peut pas faire un constat chez vous à partir de la nuit jusqu'au lever du jour. Il faut se tenir dans ces limites.

— C'est votre avocat qui vous a dit cela ?

— Une amie.

— Vous avez des amies délurées.

— Nous sommes bien obligées d'apprendre la procédure puisque nos amants ne savent rien. Ce sont des bourgeois qui n'aiment pas être dérangés dans leurs habitudes. Ils devraient se marier.

A minuit, je voulus partir.

— Quoi ! s'écria Sarah. Je veux m'endormir près de toi. Tu peux rester jusqu'à l'aube.

— Dans ce cas, dis-je, je reste la matinée et tu me prépareras un petit déjeuner.

— C'est impossible, tu le sais bien. Tu dois être parti avant le jour.

— Alors, je pars maintenant. J'ai besoin de dormir. Je ne tiens pas à me réveiller à cinq heures du matin.

— Dormir ! Dormir ! Tu ne penses qu'à cela.

— Il faut bien que je reprenne des forces.

— Et Jessy ? dit-elle. Tu es toujours sans

nouvelles ? Avec laquelle de nous deux t'es-tu le mieux entendu ?

— Je ne me rappelle plus très bien comment c'était, avec Jessy. Elle avait peur d'être enceinte, ça je me le rappelle.

— Elle ne prenait pas de précautions ?

— Pas comme toi, dis-je. Pas les mêmes. Non, elle n'en prenait aucune... Sa peur gâchait parfois notre plaisir.

— Tu l'as beaucoup aimée, n'est-ce pas ?

— Oui, dis-je. Mais quelquefois je pense qu'un certain climat de libertinage et de cynisme m'est plus favorable. Pour certaines choses.

— C'est le nôtre ?

— Qu'en penses-tu ?

— J'aurais aimé qu'il soit différent... C'est ainsi, on n'y peut rien. C'est à cause de toutes les questions que tu m'as posées.

— Tu veux dire des confidences que tu m'as faites.

Une nuit que je rentrais rue d'Alésia après avoir quitté Sarah Melvin, je trouvai un pneumatique glissé sous la porte. C'était un mot de Jessy.

« *Je t'écris à tout hasard à ton ancienne adresse* », disait Jessy. « *Je voudrais te voir. J'ai de gros ennuis et je suis seule. Pardonne-moi la peine que je t'ai faite. Je suis déprimée. Il n'y a que toi qui puisses m'aider. Je t'en prie, viens le plus vite possible.* »

Le billet portait une adresse nouvelle, dans une rue proche du Luxembourg.

C'était un rez-de-chaussée fort sombre, dont les fenêtres donnaient sur la rue bruyante. Des valises non défaites encombraient l'entrée. Le salon était meublé sans goût, et je ne pus sans doute dissimuler ma déception, car Jessy dit :

— Je viens d'emménager. Je ne sais combien de temps je vais rester ici. Pas longtemps, de toute façon... Ce n'est pas aussi luxueux que quai des États-Unis, tu te rappelles ? Mais c'est tout ce que j'ai pu trouver. C'est assez cher, et je suis fauchée. Il faudrait que je travaille et, en ce moment, c'est impossible. Je ne veux pas demander d'argent au Kentucky, il y a plus d'un an que je ne leur ai pas donné de mes nouvelles. Je suis brouillée avec mon père. Je n'ai plus que mes toilettes de chez quelques grands couturiers. Je vais les bazarder. J'ai déjà commencé.

— Es-tu seule ?

— Il y a longtemps que je suis seule.

— Et ce type avec qui tu étais à Cannes, l'hiver dernier ?

— Je n'ai pas envie de parler de lui.

— C'était un Américain ? Un Anglais ? Qu'était-il pour toi ?

— Un Américain. Un producteur de cinéma. Il voulait me faire jouer dans un film, à Rome. C'est ce qu'il disait...

— Tu étais sa maîtresse ?

— Je t'en prie, Pierre. Ne me parle plus de lui. Il était ivre la moitié du temps. Presque impuissant. Après Cannes, on a vécu quelques semaines à Rome. J'essaie de chasser ce mauvais souvenir.

— Qu'est-ce que tu as vu de Rome ? Les boîtes de nuit ?

— La plage et les boîtes de nuit.

— Tu as dû avoir du succès, à Rome ?

— C'est une ville horrible. Je la déteste. Il s'y passe des choses que je n'aurais pas crues possibles.

— Ce type était immonde, cela se voyait au premier coup d'œil. Je me demande ce que tu lui trouvais ?

— Mais rien ! Rien ! Il disait qu'il ferait de moi une vedette... On m'a fait faire des bouts d'essais, mais j'ai bien vu que je n'avais pas de talent d'actrice, je l'ai vu tout de suite. Un jour, j'en ai eu assez et suis partie sans prévenir. Je suis rentrée à Paris. C'était au mois de mai. J'ai cherché à te revoir. J'ai téléphoné à Sarah. Sais-tu qu'elle divorce ? Elle m'a dit qu'elle te croyait en Amérique et ne t'avait pas vu depuis longtemps... Je l'ai rappelée, il y a un mois peut-être, dans l'espoir qu'elle aurait des nouvelles de toi à me donner... Tu étais là ? Et tu la voyais ? J'en étais sûre. Cela n'a pas duré longtemps avec son baron. Les choses ne vont pas bien pour tes Américaines.

— C'est parce qu'elles ne savent pas ce qu'elles veulent.

— Qui le sait ? Tout le monde se trompe. Rappelle-toi ce livre de Proust que tu me lisais, rue d'Alésia. Quelles bonnes soirées nous avons eues ! Comme j'aimais que tu me lises pour m'endormir. Ce sont les meilleurs moments dont je me souvienne. Ceux où j'ai été le plus heureuse... Comment s'appelait le personnage amoureux d'Odette ? Lui non plus ne savait pas ce qu'il voulait. Il avait souffert à cause d'une femme qui n'était pas son « type »... Ou son « genre », je ne sais plus... Est-ce que j'étais ton « type » ? Ou était-ce Sarah ? Je crois bien qu'elle et moi, nous devrions rentrer dans nos tribus respectives. Les hommes blancs nous ont perverties.

Jessy était assise sur le lit-divan et le faible jour que laissaient entrer les persiennes closes, éclairait à peine son visage. Je retrouvais les traits que j'avais aimés : les yeux fendus en oblique, les pommettes saillantes.

— Moi aussi, je me suis trompée. Pas avec toi, je le sais maintenant, je le sais trop tard... Mais tu n'as rien fait pour me garder. Au fond, tu ne voulais pas me garder.

— Crois-tu ?

— Tu veux rester libre, mais que fais-tu de ta liberté ? Tu ne crois pas en toi. Pas même en tes passions.

— J'ai des passions fortes, mais j'en vois vite la fin. C'est seulement les débuts d'une passion qui sont bons à vivre. Avec toi, c'est à Fontainebleau que j'ai été le plus heureux.

— Pourquoi ne t'es-tu pas marié ?

— Parce que je croyais avoir de grandes choses à faire. Comme le comte de Saint-Simon, dont je t'ai parlé. « Levez-vous, monsieur le Comte... »

— Et tu les as faites, ces choses ?

— Non. Mais j'ai encore un peu de temps devant moi. Et d'ailleurs, l'important n'est pas de faire de grandes choses, c'est de vouloir les faire.

Les bruits de la rue entraient dans la pièce. On entendait les voix des passants, sur le trottoir.

— Je suis malade, dit Jessy. C'est pourquoi je t'ai demandé de venir. Je suis malade et j'ai peur. J'ai vu un médecin, qui m'a fait faire des analyses. Il veut maintenant que j'aille voir un spécialiste. Mais il faut trois semaines avant d'obtenir un rendez-vous ! Cette attente me ronge. Je n'en peux plus... J'ai des hémorragies. Pardonne-moi de te donner ce détail, toi qui ignores tout des femmes. Est-ce que tu crois toujours que les enfants naissent par le nombril ?

— Pas depuis que tu m'as détrompé.

— Vois-tu toujours ton ami Amaury ? Lui, peut-être, pourrait m'aider ? Mais personne ne peut m'aider. J'ai peur de la solitude, et je suis toujours seule.

— Et tes amis ?

— Je ne les vois plus. Tu es là, toi, c'est bien, je suis heureuse. Tu restes avec moi ce soir ? Oh ! Pierre, ne me quitte pas. Je t'en supplie, ne me quitte pas. Téléphone pour te décommander. Je sais, ce n'est pas facile... Mais je te le demande. Dis n'importe quoi. Dis que c'est une amie qui est gravement malade. C'est presque vrai. Je vais dans la salle de bains, pour te laisser téléphoner.

J'appelai Sarah.

— Je ne peux pas vous rejoindre, dis-je. J'ai un empêchement de dernière heure. Je vous expliquerai... Je ne peux pas parler longuement. Écoutez : c'est la première fois que cela m'arrive.

— Justement... Il n'y a rien de grave ?

— Non, dis-je. Un contretemps.

— Cela tombe mal.

— Je suis navré. Peut-être serai-je libre plus tard. Puis-je venir vers onze heures ?

— Ah ! non, dit Sarah. Je sors. Je ne sais pas quand je rentrerai.

Elle raccrocha.

— Tu te fardes beaucoup plus qu'autrefois, dis-je à Jessy quand elle sortit de la salle de bains.

— Tu trouves que cela me donne mauvais genre ? C'est pour cacher ma mauvaise mine... Mais, si cela te déplaît, je peux atténuer mon maquillage.

— Tu m'avais très bien reconnu, sur la Croisette, quand tu es passée devant moi en Daimler. Pourquoi as-tu fait semblant de ne pas me voir ?

— J'avais honte. Je savais que tu n'aimerais pas la vie que je menais alors. Les gens que je fréquentais... Je savais que tu me gronderais.

— Pauvre Jessy, qui avait peur d'être grondée.

Rentrée chez elle, après le dîner, Jessy se coucha. Je m'assis auprès du lit et lui fis la lecture. Je l'embrassai avant de la quitter.

Les jours suivants, je m'efforçai de partager mon temps entre Jessy et Sarah. A mesure que se rapprochait la date de la consultation auprès du spécialiste, Jessy ne cachait pas son angoisse.

Sarah se faisait plus exigeante. Elle s'étonnait de me voir pris plus souvent que par le passé.

— Vous pouvez être fière de vous, lui dis-je un jour. Je me rappelle le mal que vous avez eu, au début de votre séjour en France. Quelle réussite !

— Croyez-vous ? dit Sarah. J'ai raté ma vie conjugale. Je suis seule... En Amérique, je n'étais rien, je n'avais pas de famille, mon père était toujours absent, il n'avait aucune surface sociale, ne faisait partie d'aucun club... J'ai beaucoup souffert, enfant, de ne faire partie d'aucune communauté, d'aucun groupe. C'est très mal vu aux États-Unis, vous le savez. J'enviais mes camarades qui allaient à l'église en famille... Mon père avait négligé mon éducation, je n'avais été dans aucun collège.

— Vous vous moquiez beaucoup de ces collèges.

— C'était par dépit. C'est pour toutes ces raisons, je m'en rends compte, que j'ai voulu m'expatrier.

— Et devenir baronne.

— Je ne suis guère plus avancée. Je reste en marge, en dépit de mes relations. Et les gens avec qui je me plais le plus sont comme moi : eux aussi, ils sont en marge.

— C'est à moi que vous pensez ? C'est d'ailleurs vrai. Je ne me sens pas intégré. Solidaire, pas davantage.

— Et Jessica ? Pourquoi est-elle venue en Europe ? Et pourquoi y est-elle restée ? Elle aussi est une expatriée.

— Ses motifs étaient moins estimables, ou moins compréhensibles que les vôtres... Plus âpres, peut-être. Elle voulait vivre. Connaître les choses bonnes de la vie, comme elle disait. Aller jusqu'au bout de ce que le collège chic de l'Ouest avait révélé à la petite provinciale qu'elle était. Se perdre... Une folie ! Elle est très malade.

— Comment le savez-vous ?

— Un ami commun m'a donné de ses nouvelles.

— Je ne vous crois pas. Elle est à Paris. Vous l'avez revue. Est-ce pourquoi je vous vois moins ? Vous avez tort. Elle ne peut pas vous faire de bien.

— Je pourrais peut-être lui en faire ?

La consultation eut lieu. J'alertai Amaury. Sur ma demande, il téléphona au spécialiste.

— Elle a une saloperie qu'il faut enlever, dit Amaury. Les femmes ont un utérus et les hommes ont une prostate. Au fait, comment va la tienne, mon lapin ?

— A quand l'opération ? dis-je.

— Le plus tôt possible. C'est urgent, dit le gynécologue. Sans doute se trompe-t-il. Les médecins sont des ânes. Surtout les gynécologues qui, en plus, sont des bouchers. Ne te frappe pas : rien que de banal. Sans doute ne pourra-t-elle plus avoir d'enfants, mais il y a assez d'enfants comme cela. Et les enfants américains sont insupportables, c'est bien connu. Bruyants, mal élevés, toujours dans vos jambes. Elle s'en passera très bien.

— Tu le lui diras.

— Ah ! non. Je la trouvais charmante, cette jeune personne. Je ne veux pas lui faire de la peine. Mais il ne faut pas l'alarmer. Quel âge a-t-elle ? Vingt-cinq, vingt-six ans ? Elle se remettra très vite. Mais il n'est jamais drôle de tomber malade à l'étranger. Pourquoi ne rentre-t-elle pas chez elle ?

— Elle est brouillée avec sa famille. Et elle veut que je sois là.

— Je suis allée me promener au Luxembourg, me dit Jessy le même soir. Amaury m'a grondée parce que je ne sors jamais. Il faisait si beau ! Je me suis assise sur un banc. Il y avait des enfants qui jouaient autour de moi, j'ai pensé que je ne pourrai plus avoir d'enfants quand j'aurai été opérée, et je me suis mise à pleurer... Oh ! ce n'est pas que j'aime tellement les enfants, mais je vais me sentir diminuée... C'est l'intégrité de mon corps qui est atteinte. Je ne serai plus la même femme, je serai une autre. Tu ne peux pas comprendre cela.

— Je le comprends très bien, ma chérie. Mais ne fixe pas ton esprit là-dessus.

— J'ai souvent pensé à notre voyage à Nice, dit Jessy. A cette montagne que tu m'as fait connaître. Et je me suis rappelé ton ami. Tu penses à lui aussi souvent qu'autrefois ?

— Je penserai à lui toute ma vie, dis-je. Comment veux-tu que j'accepte l'idée qu'un homme pour qui j'avais de l'affection, de l'admiration, que je considérais comme le modèle de l'officier, ait été fusillé pour trahison ! Comment crois-tu qu'un ancien compagnon du maréchal Ney a réagi, quand celui-ci a été fusillé ?

— C'est lui dont la statue est devant le restaurant où nous allions quelquefois ?

— C'est lui. Il a été fusillé par un régime politique contre lequel il avait pris parti. Bargemont, lui aussi, avait pris parti... Je te l'ai expliqué : c'était une guerre civile. Ce qu'il a fait était une folie. Il y a des folies estimables. Ses motifs n'étaient pas ignobles...

— Pauvre Pierre, tu n'es toujours pas réconcilié.

— Mais si. Et tu m'y as aidé.

— Sais-tu qui est venu me voir aujourd'hui ? Sarah. Ne fais pas cette tête. Comment a-t-elle eu mon adresse ? Ce n'est pas par toi ?... Je sais que tu la vois, mais je ne peux pas te le reprocher.

— Que voulait-elle ?

— Prendre de mes nouvelles. M'offrir ses services. Tu n'as pas de peine à imaginer ses bonnes paroles... Toujours mondaine. Toujours élégante. Crois-tu que je fasse ton malheur ?

— C'est ce qu'elle t'a dit ?

— Elle l'a laissé entendre. Mais elle, est-ce qu'elle peut faire ton bonheur ? Personne ne le peut.

— Avec toi, j'ai été heureux. Dans la forêt de

Fontainebleau, j'ai été heureux à crier ! Mais ce bonheur-là ne peut durer. Et c'est le seul que je cherche. Il y a des moments privilégiés de bonheur et, autour, une mer d'indifférence et d'ennui. Que t'a-t-elle dit, encore ?

— De te laisser, puisque je ne peux plus t'avoir.

— La garce ! A-t-elle vraiment cru qu'avec elle cela pouvait durer ?

— Toutes les femmes le croient. C'est là la grande différence. Mais les hommes comme toi, ce qu'ils cherchent, c'est la « petite secousse ».

— Ce n'est pas de moi, la « petite secousse ».

— C'est toi qui employais cette expression. Et vous n'êtes pas très regardants sur la qualité de qui vous la procure, cette « secousse ».

— J'ai toujours su faire la différence. Mais toi-même, que cherchais-tu à Cannes, l'hiver dernier ? Tu ne paraissais pas non plus très exigeante sur la qualité... Qu'est-ce que t'a encore dit Sarah ?

— Je l'ai mise à la porte.

Le lendemain, je dînais chez Sarah.

— Comment va Jessy ? dit-elle.

— Pourquoi me poser cette question ? Je n'avais pas l'intention de parler de votre visite, mais puisque vous le faites... Ainsi vous m'espionnez ? Vous avez adopté les méthodes du baron ?

— Je n'ai eu nul besoin de vous espionner pour savoir que vous voyez Jessy presque chaque jour et que c'est à cause d'elle que je ne vous vois plus.

— Et quand bien même je la verrais ?

— Cela ne me plaît pas.

— Vous savez qu'entre Jessy et moi, il n'y a plus rien depuis longtemps.

— Cela ne veut pas dire qu'elle ait perdu l'espoir de vous reprendre. Elle m'a reproché de vous « accaparer », n'est-ce pas comique ? Elle m'a fait une scène ridicule... Je ne peux comprendre ce qui vous attache à elle. Si je vous disais ce que je sais d'elle !

— Ne le dites pas.

— Elle n'a cessé de vous tromper. C'était la fable de tout Paris.

— Ce que vous dites est bouffon ! Le Tout-Paris ne s'est jamais intéressé à mes amours, Dieu merci ! Comment n'avez-vous pas compris que je ne peux aimer que dans le secret ? Je sais, il y a des hommes qui éprouvent le besoin de donner de la publicité à leurs amours. Je les méprise. On cache ses amours.

— C'est sans doute pourquoi vous ne voulez jamais m'accompagner nulle part ? Et vous me voyez de moins en moins. Vous vous décommandez... Je suis fatiguée de vous relancer sans cesse. Moi, j'ai besoin du grand jour, j'aime sortir avec mes amis, j'aime qu'ils se montrent avec moi. Il me semble qu'il n'y a là rien que de très normal. Vous êtes libre, vous n'avez aucune raison d'agir de la sorte. Cela ne me fait pas de bien. Cela me déprime.

Sarah se tut Je vis des larmes dans ses yeux. Elle reprit vite contrôle d'elle-même et ce fut d'un ton calme qu'elle continua :

— Vous êtes un compagnon charmant. Mais j'en suis venue à redouter ce charme même. Je ne trouverai jamais d'homme à me plaire, si je continue à vous voir.

— Ce que vous dites est flatteur. Mais je suis sûr que vous rencontrez des hommes remarquables aux dîners de Mrs Fiori-Wood.

— Les dîners de Mrs Fiori-Wood m'ennuient, parce que vous refusez de m'y accompagner. J'ai beaucoup réfléchi. Cela ne peut continuer. Rassurez-vous ! Je ne vais pas vous mettre en demeure de choisir entre Jessy et moi. C'est moi qui m'efface. Je vous ai beaucoup ennuyé ces temps-ci et m'en suis voulu. J'ai aussi à refaire ma vie. Je rentre à New York. L'Europe ne m'a pas si bien réussi. J'ai envie de refaire connaissance avec les hommes de mon pays. Et peut-être vais-je lui trouver des vertus, à ce pays. Il est beaucoup calomnié mais il n'est pas si mal, tout compte fait.

— Il est très bien, dis-je. Je vous demande pardon. Je vous ai donné ce que je peux donner.

— C'est beaucoup et c'est très peu.

— Est-ce qu'il n'en est pas de même pour tout le monde ?

J'accompagnai Jessy à la clinique un dimanche soir et portai la petite valise. Les hémorragies avaient cessé, mais Jessy avait perdu beaucoup de poids et restait affaiblie.

Dans la chambre, il y avait un bouquet de roses envoyées par Malcolm.

— Qu'il est gentil ! dit Jessy. Après toi, c'était lui le plus gentil. Non, ne me pose pas de question à son sujet !

Je sortis dans le couloir et laissai Jessy faire sa toilette et se coucher. Je rentrai dans la chambre.

— C'est comme à New York pour ma première opération, dit Jessy. Sauf que j'avais beaucoup plus de fleurs, toutes mes amies de collège m'en avaient envoyé. Et aussi quelques-uns de mes flirts... J'ai toujours eu beaucoup de flirts. Dans le Kentucky, dès l'âge de quinze ans, je sortais presque chaque soir. Nous allions au cinéma, ou bien danser au Boat-Club. J'aimais beaucoup le Boat-Club, on y mangeait très bien, on y buvait des mint-juleps. Tu te rappelles la recette du mint-julep ? Tôt le matin, quand la rosée est encore sur les feuilles, on va cueillir la menthe sauvage... Le grand jour était celui du Derby. Mon père faisait partie de la Société des Courses, il invitait des amis à dîner à la maison. J'avais toujours une robe neuve pour le Derby ; j'allais dans la tribune officielle avec ma mère et je jouais et je gagnais toujours. Il faisait toujours beau, ce n'est pas comme cet été à Paris ! J'aimerais me trouver dans le Kentucky pour le Derby. C'est un beau pays. Comment ai-je pu rester si longtemps sans avoir envie de lè revoir ?

— Ne parle pas trop, ma chérie. Repose-toi.

— C'est vrai, je suis énervée... Peut-être, l'an prochain, pourrons-nous aller dans le Kentucky, si tu es en Amérique ? Je t'invite. Nous ferons du cheval et nous boirons du bourbon et des mint-juleps.

— C'est cela, dis-je. Nous assisterons au Derby.

Une infirmière vint prendre la température de Jessy. Elle était belle, grande, le nez fort, la poitrine bombée sous la cuirasse de la blouse blanche empesée.

— Elle te plaît ? dit Jessy quand l'infirmière fut partie. Tu n'as cessé de la regarder, satyre. Vraiment, tu exagères !

— C'est l'atmosphère, dis-je. Elle a quelque chose d'érotique. Tous ces corps abandonnés, tous ces secrets... Encore des secrets ! Pourquoi suis-je tellement avide de secrets ?

— Parce que tu es un satyre.

— Et ces infirmières sont comme les vestales d'un culte. Un culte barbare et sanglant. Il suffit d'un beau visage entrevu...

— Tais-toi !

— Tu es bien jolie, assise sagement dans ton lit. J'aimerais t'y rejoindre.

— Est-ce vrai ? Tu me trouves toujours jolie ? Tu me le disais souvent, que j'étais jolie. Tu étais le seul à me le dire d'une façon aussi gentille.

Des larmes jaillirent des yeux de Jessy et coulèrent sur ses joues. Elle ne les essuyait pas et restait assise, droite, le buste appuyé aux oreillers et les larmes coulaient sans arrêt.

— Est-ce que je suis punie ? dit Jessy.

— Que veux-tu dire ? Il n'y a pas de punition.

c'est absurde. Pas en ce monde, en tout cas... Ce sont les salauds qui fleurissent, en ce monde. C'est à eux que tout réussit... Ne te mets pas de pareilles idées en tête. Punie de quoi ? Tu n'as rien fait de mal.

— Si, dit Jessy. J'ai été mauvaise. Tu ne sais pas...

— Qui n'a pas fait des choses laides, dans sa vie ?

— Mais je le savais, les faisant. Et je t'ai fait de la peine.

— Ne parle pas ainsi. Rappelle-toi comme nous avons été heureux. Plus de six mois ! C'est long, six mois de vrai bonheur. Il n'y a que de cela dont je me souvienne.

— Tu as toujours été bon pour moi. Tu diras à Amaury de venir me voir, ajouta-t-elle. Tu te rappelles, la soirée avec Nicole ? « Je suis la fille de vaisselle... »

Elle ne put achever et éclata de nouveau en sanglots. Je m'approchai du lit. Je pris entre mes mains son visage et le pressai contre moi.

— Tu n'es pas raisonnable, dis-je. Demain, tout sera fini. Nous irons ensemble quelque part pour ta convalescence. Nous irons au soleil. En Sicile, l'arrière-saison y est merveilleuse, dit-on ; je ne suis jamais allé en Sicile.

— Non, pas en Sicile, dit Jessy vivement. Ailleurs, nous irons ailleurs !

— Nous irons où tu voudras, ma chérie. Tu dois te calmer maintenant. Je serai là demain, pour ton réveil.

Le lendemain, j'étais à la clinique à neuf

heures. L'opération devait être commencée. Elle durerait trois quarts d'heure, m'avait-on précisé et Jessy devrait être ramenée dans sa chambre vers neuf heures et demie. A dix heures, j'étais encore dans le couloir. Infirmières et filles de salle allaient et venaient autour de moi, portant vases de fleurs et plateaux. La belle infirmière au grand nez ne se montra pas.

La porte de l'ascenseur s'ouvrit. Il en sortit un chariot couvert d'un drap blanc. Je me levai. Le chariot passa devant moi. La tête de Jessy émergeait du drap blanc. Le visage était de la couleur du drap, le nez paraissait plus grand. osseux. Le sang s'était retiré des lèvres. Elle a l'air d'une morte, pensai-je. Elle aura ce visage, quand elle sera morte... Le chariot entra dans la chambre. La porte se referma sur lui. Je restai debout dans le couloir.

Une infirmière âgée, aux cheveux gris, vint vers moi. Elle avait un pied bot et boitait fortement.

— Ça a été plus long que prévu, dit-elle. Il y avait des adhérences. Restez là, le chirurgien va venir vous parler.

Le chirurgien avait un beau visage et des yeux noirs, qui me scrutaient.

— Il était plus que temps d'opérer, dit-il. Il a fallu tout enlever, comme je le craignais. L'ennui, c'est qu'elle n'était pas en bonne forme physique. Elle était anémiée et j'ai craint, un moment, que le cœur flanche. Mais tout s'est bien passé. Elle va se réveiller bientôt. Allez près d'elle.

J'entrai dans la chambre. Jessy reposait sur le dos, les yeux clos. Le visage avait toujours la même teinte cireuse. De chaque côté du corps, les bras étaient posés à plat sur le drap. Une aiguille pénétrait dans le bras gauche, instillant un sérum dans une veine. Le sérum s'écoulait d'une bouteille tenue par une tige d'acier, à la tête du lit. On songeait à un instrument de torture. Les lèvres de Jessy étaient exsangues. Je remarquai la pâleur des paumes ouvertes sur le drap.

L'idée me vint que Jessy pouvait mourir. J'envisageais les problèmes qui en résulteraient pour moi. Prévenir les parents. Que ferait-on du corps ? L'enterrer, ici, mais où ? Le ramener dans le Kentucky ? Heureusement, il y avait Malcolm. Malcolm connaîtrait les démarches à accomplir. Il s'en chargerait. Mais non, Jessy allait guérir. Prévoir la convalescence dans un pays de soleil. Comment me procurer l'argent nécessaire ?

Jessy ouvrit les yeux. Contournant le lit, je m'approchai d'elle. Je n'osais la toucher, de peur de détruire l'appareil compliqué et branlant échafaudé au-dessus de sa tête.

— Comment te sens-tu ? dis-je.

Elle ne répondit pas. Avait-elle entendu ? Je scrutai le visage, si pâle, le nez pincé, les lèvres bleuies.

— J'ai soif, dit Jessy.

— Je vais demander à l'infirmière, dis-je.

— Non, reste, dit Jessy.

Elle remua la main ; je la saisis ; elle était glacée.

— Tout s'est bien passé, dis-je, penché sur elle. J'ai vu le chirurgien. Il m'a dit que tout s'était bien passé.

— Je me suis réveillée, dit Jessy. Avant la fin de l'opération, je me suis réveillée. J'en suis sûre. Je revois la salle... Je me suis réveillée.

L'infirmière aux cheveux gris entra en boitant. Je m'écartai du lit. L'infirmière vérifia que le goutte-à-goutte fonctionnait. Elle prit le pouls, compta les pulsations. Elle gardait le visage baissé.

— Je me suis réveillée avant la fin, dit Jessy, tournée vers l'infirmière. J'étais encore sur la table d'opération. On ne m'avait pas bien endormie ! Je me suis réveillée, j'en suis sûre... Je me suis réveillée.

— Calmez-vous, dit l'infirmière. Ne parlez pas. Calmez-vous.

Elle posa la main, à plat, sur le front de Jessy.

— Il faut la laisser, dit l'infirmière. Elle est encore sous l'influence de l'anesthésie. Il faut qu'elle repose.

— Je viendrai ce soir, dis-je à Jessy.

Je me penchai, effleurai le front de mes lèvres. Jessy ne bougea pas. Je quittai la chambre. L'infirmière me rejoignit dans le couloir.

— Tout ira bien, dit l'infirmière. Elle prenait appui sur son pied bot, de sorte qu'elle parut soudain plus petite. Ne vous faites pas de souci, dit-elle. Mais elle a perdu beaucoup de sang, elle est très affaiblie. Ce soir, elle ira mieux.

Je sortis de la clinique. L'avenue était vide. Seul un enfant jouait au cerceau, sous les arbres.

Jessy mourut vers quatre heures de l'après-midi. Je l'appris en arrivant à la clinique, une heure plus tard. Malcolm était là, il avait été prévenu à l'Ambassade. C'est lui qui s'occupa de tout.

— C'est le cœur qui a flanché, dit Amaury quand je le retrouvai, le soir. Ces choses-là arrivent. mais peut-être aurait-il fallu surseoir à l'opération. Remonter le cœur... Que lui a-t-on fait ? Lui a-t-on donné du sang ? Qu'y avait-il dans la bouteille d'où s'échappait le goutte-à-goutte ? Du sérum ou du sang ?

— Du sérum, dis-je. Du moins, je le crois. L'infirmière m'a dit qu'on allait faire une trans fusion.

— L'a-t-on faite ? Et l'a-t-on faite à temps ? C'est du sang qu'il aurait fallu lui donner, pour compenser l'hémorragie... Pauvre Jessy, dit-il. C'est triste de venir ainsi mourir loin de son pays. C'est dans son pays qu'il faut mourir.

— Il faut d'abord y vivre, dis-je. C'est dans son pays que l'on a sa place. Jessy n'avait plus de pays. Elle avait rompu avec sa famille. Quatre années d'absence c'est long, quand on est jeune. Elle n'était pas retournée chez elle, pendant ces quatre années.

— Que voulait-elle ? dit Amaury.

— Le sais-je ? S'amuser, mais avec une telle âpreté que c'en était parfois inquiétant. Elle n'acceptait pas de se priver d'une distraction, parce qu'elle était malade, ou simplement fatiguée. Elle exigeait de son corps le maximum. Je l'ai vue sortir avec de la fièvre. Elle vivait pour l'instant. Et pour le plaisir.

— Le plus difficile, dit Amaury. Qui a dit cela ? ajouta-t-il.

Je vais toujours en Amérique pour de courts voyages, dans des conditions bien différentes de celles d'autrefois. Il n'y a plus de bateaux, l'hiver, sur les routes de l'Atlantique Nord. Le *France* ne fait qu'une vingtaine de traversées, pendant l'été. L'hiver, converti en navire de croisière, il promène les millionnaires américains et les promoteurs urbains en Méditerranée et aux Antilles.

Je n'aime pas les voyages en avion. Impossible d'y faire des rencontres, comme celles d'autrefois à bord des transatlantiques. Ils sont trop brefs pour apporter dans nos vies l'imprévu, le nouveau. Au printemps dernier, j'ai été à New York dans l'un de ces géants du ciel qui peuvent transporter cinq cents passagers, assis dans trois rangées de fauteuils, séparées par deux allées médianes. Il y a deux écrans de cinéma, un bar au centre de l'appareil. Dans la dernière heure du vol, je me levai pour me dégourdir les jambes et boire un whisky au bar. Au lieu de rejoindre ma place, je fis le tour de la carlingue. Un fauteuil était vide à côté d'une jeune femme que j'avais remarquée au départ d'Orly, et perdue de vue pendant le voyage. Je m'y assis. Ma voisine parut disposée à bavarder. On l'est toujours dans les derniers moments de la traversée où l'on voit les voyageurs se chercher, échanger adresses et confidences avant de réintégrer leurs vies quotidiennes, interrompues pour quelques heures d'une fantastique navigation en plein ciel.

Ma voisine était américaine. Elle revenait de Nice où elle avait été chercher une villa sur la Côte d'Azur, pour y passer l'été avec sa famille. Elle avait trouvé une très jolie maison au milieu des fleurs, à Saint-Jean-Cap-Ferrat. Son mari était avocat. Elle avait deux enfants, un garçon et une fille. Elle habitait New York, un appartement sur East River, face à l'île des fous. Je connaissais l'île des fous ? Elle avait fait ses études à Rebecca-Sloane.

— Je connais Rebecca-Sloane, dis-je. J'y ai passé un week-end, autrefois. J'avais couché dans la maison des alumnæ et assisté à une exhibition donnée par l'équipe de natation, dans la piscine. Je vois encore les jeunes filles évoluer dans l'eau verte... Faisiez-vous partie de l'équipe de natation ?

— Non, dit la jeune femme.

— Et le chœur ? Faisiez-vous partie du chœur ? Avez-vous chanté « *There is a balm in Gilead* » ?

— Non plus, dit la jeune femme en riant.

— J'aimerais vous revoir, dis-je.

Je lui donnai ma carte de visite et y écrivis le nom de mon hôtel. Je l'invitai à prendre un verre au bar, le lendemain, vers six heures.

L'inconnue m'écouta en souriant. Elle prit la carte, la mit dans son sac. Elle accepta le champagne que je lui offrais, tandis que l'avion survolait la côte du Maine. Mais elle n'est pas venue au rendez-vous.

La Mente, octobre 1971.

DU MÊME AUTEUR

Romans

LE RÉPIT (Albin Michel, 1945).

MON ROYAUME POUR UN CHEVAL (Albin Michel, 1949. Folio n° 1927).

LES NOMADES (Albin Michel, 1951. Folio n° 3803).

LE SERVITEUR FIDÈLE (Albin Michel, 1953).

LA PRISON MARITIME, *Grand Prix du roman de l'Académie Française* (Gallimard, 1961. Folio n° 408).

LA CAMPAGNE D'ITALIE (Gallimard, 1965. Folio n° 454).

L'OURS DES ADIRONDACKS (Gallimard, 1969. Folio n° 2813).

DEUX INDIENNES À PARIS (Gallimard, 1974. Folio n° 995).

LES MOYENS DU BORD (Gallimard, 1975. Folio n° 1374).

LA GUERRE CIVILE (Gallimard, 1986. Folio n° 3100).

LE TÉLÉSIÈGE (Gallimard, 1989. Folio n° 2338).

UN SOIR, À LONDRES (Gallimard, 1991. Folio n° 2523).

ON LIQUIDE ET ON S'EN VA, sotie (Gallimard, 1993).

L'ÎLE DES FOUS, nouvelles (Éditions du Rocher, 1999).

JESSICA OU L'AMOUR AFFRANCHI (Gallimard, 2002).

Essais

LES INTELLECTUELS DEVANT LA DÉFAITE DE 1870 (Buchet-Chastel, 1942).

MONTHERLANT, « HOMME LIBRE » (La Table Ronde, 1989).

LE NOUVEAU ROMAN AMÉRICAIN (Gallimard, 1955).

L'AIR DU LARGE, *Grand Prix de la critique littéraire* (Gallimard, 1970).

L'AIR DU LARGE II (Gallimard, 1987).

BENJAMIN OU LETTRES SUR L'INCONSTANCE (Gallimard, 1989).

L'AIR DU TEMPS (Éditions du Rocher, 1991).

DE BONNE ET MAUVAISE HUMEUR (Éditions du Rocher, 1999).

TOMBEAU DE LA ROUËRIE, *prix des Intellectuels indépendants 2001* (Gallimard, 2000. Folio n° 3715).

Théâtre

UN JEU D'ENFER (Gallimard, 1970).

MONSIEUR L'AMBASSADEUR (Gallimard, 1992).

Récits

LA MAISON DU PÈRE (Gallimard, 1979, repris en volume avec VERS L'OUEST, Folio n° 2196).

VERS L'OUEST (Olivier Orban, 1988).

LA LEÇON DE MORALE DANS UNE LOGE (Éditions du Rocher, 1996).

LES DIMANCHES DE VENISE (Gallimard, 1996. Folio n° 3094).

Traductions

LE CAVALIER DE LA NUIT par R. Penn Warren (Stock).

LA MARCHE DE NUIT par William Styron (Gallimard, 1963. Folio n° 1230).

Iconographie

ALBUM FAULKNER (Gallimard, 1995).

Discours

DISCOURS DE RÉCEPTION À L'ACADÉMIE FRANÇAISE ET RÉPONSE DE JEAN D'ORMESSON (Gallimard, 1987).

Scénario

BOUVARD ET PÉCUCHET, DE GUSTAVE FLAUBERT (Gallimard, 1988).

Impression Bussière Camedan Imprimeries
à Saint-Amand (Cher), le 16 mars 2004.
Dépôt légal : mars 2004.
1er dépôt légal dans la collection : janvier 1978.
Numéro d'imprimeur : 041326/1.
ISBN 2-07-036995-1./Imprimé en France.

801